BRODYR I'W GILYDD

ISBN 1 872705 650

Addasiad Cymraeg o *A Grand Illusion*,
Maura McGiveny

© Maura McGiveny, 1983 ⓗ

Cyhoeddwyd gyntaf gan Mills & Boon Cyf.,
Llundain 1983

Argraffiad Cymraeg cyntaf: Tachwedd 1992

Comisiynwyd y gyfres hon gan
y Cyngor Llyfrau Cymraeg.

Dychmygol yw holl gymeriadau'r stori hon ac nid
oes unrhyw berthynas rhyngddynt a phersonau a all
fod o'r un enw. Cwbl ddychmygol hefyd ydyw
digwyddiadau a chefndir y stori.

Dymuna'r cyhoeddwyr gydnabod cymorth
Adrannau'r Cyngor Llyfrau Cymraeg.

Cysodi: Stiwdio Mei

Argraffu: Argraffdy Arfon

Cyhoeddwyd gan Gyhoeddiadau Mei, Penygroes,
Caernarfon, Gwynedd LL54 6NG.

Cyfres y Fodrwy

BRODYR I'W GILYDD

Addasiad Cymraeg o *A Grand Illusion* gan
Maura McGiveny

Cyhoeddiadau Mei

Pennod 1

Gorffennodd Ceri deipio'r frawddeg olaf cyn chwipio'r ddalen o'r teipiadur a thaflu cip ar y cloc. Ymhen pum munud byddai diwrnod arall o waith drosodd. Anwylodd ei gwar gydag ochenaid flinedig.

Roedd y merched eraill yn y swyddfa wedi gorffen ers chwarter awr o leiaf ac eisteddent wrth eu desgiau yn eu cotiau, eu hwynebau wedi'u coluro'n ffres a'u llygaid ar y cloc. Sgwrsient ymysg ei gilydd blith draphlith, yn llawn trydar am y dylunydd newydd yn y swyddfa nesaf. Teimlai Ceri'n estron yn eu mysg rywsut. Nid felly y dymunai i bethau fod — ond fel yna roedd hi. Ceisiodd droi clust fyddar gan adael i'r sgwrsio hofran o'i chwmpas wrth iddi ddechrau tacluso'r pentwr papurau ar ei desg.

'Mae o'n bishyn a hanner!' ebychodd un o'r merched.

'Ac yn ddibriod! Meddyliwch mewn difri! Ac mor olygus a chlên hefyd!' Un arall â'i phig i mewn.

Wrth y ddesg nesaf at Ceri eisteddai Eirwen yn gwenu'n freuddwydiol a'i hwyneb llawn yn sgleinio. 'Fedra i ddim dychmygu mynd allan hefo fo. Rydw i'n siŵr y baswn i'n methu yngan gair o 'mhen, dim ond eistedd fel delw a syllu i'w lygaid bendigedig drwy'r min nos.' Chwarddodd yn ysgafn. 'Beth amdanoch chi, Ceri?'

Cododd Ceri ei phen wrth glywed ei henw. 'Hefo fi ydych chi'n siarad?'

Mingamodd Eirwen ac fel y cerddai'r gweddill allan o'r swyddfa fesul un gallai Ceri eu clywed yn chwerthin.

'Nodweddiadol ohoni hi, yntê?'

'Dwi ddim yn meddwl 'i bod hi'n gwybod be sy'n mynd ymlaen hanner yr amser.'

'Ma' Alcwyn Morys wedi bod yma am wythnos yn barod — a hi ydy'r unig un yn yr holl adeilad sy heb wneud llygaid bach arno fo...'

Diflannodd y lleisiau'n raddol a gadawyd Ceri mewn byd o dawelwch llethol. Ochneidiodd wrth osod y gorchudd ar ei theipiadur ac estyn am ei bagllaw o'r drôr isaf. Roedd yn botymu ei chôt cyn sylwi ar y dyn oedd yn sefyll yn y drws yn ei gwylio.

Roedd y merched yn iawn. Yr oedd o'n olygus. Gwallt golau a thro deniadol ynddo, lliw haul ar ei wyneb, a'r llygaid melfed tywyll yn crwydro dros ei chorff.

'Oes arnoch chi eisiau rhywbeth, Mr Morys?' gofynnodd yn ddigynnwrf.

'Oes, Ceri.' Gwenodd wrth gerdded tuag ati. '*Chi...*' gan adael i'r frawddeg farw yn yr awyr wrth aros am ei hymateb, ond fe'i siomwyd gan ei diffyg diddordeb. 'Gaf i eich danfon adre yn y car?' gofynnodd.

Ymledodd arlliw o wrid ar draws ei hwyneb. 'Diolch yn fawr ond — na mae'n well gen i gerdded.'

'Y cyfan sydd arnaf ei eisiau yw pleser eich cwmni am awr neu ddwy. Fe af â chi'n syth adre os mynnwch er mwyn i chi gael newid cyn inni fynd i rywle am ddiod bach a thamaid o ginio wedyn.' Fflachiodd ei wên fwyaf hudolus arni gan ddangos rhes o ddannedd gwyn perffaith.

Siaradodd Ceri'n dawel gyda gwên swil — ond parhau i wrthod wnaeth hi. Trodd yn ysgafndroed oddi wrtho a chychwyn tua'r drws. 'Diolch i chi 'run fath, Mr Morys. Rhyw dro arall efallai.'

'Fydd yna 'run tro arall — mi wyddoch hynny.' Daeth rhyw newid dros ei wyneb a diflannodd pob awgrym o'i hawddgarwch. 'Ydy gwrthod pob dyn yn y lle 'ma yn rhoi rhyw wefr arbennig i chi?'

Ymsythodd Ceri wrth droi i'w wynebu gan wneud

ymdrech i gadw'i llais yn ddigynnwrf. 'Does gen i ddim syniad am be 'dych chi'n sôn.'

'O oes, mae! Mi wyddoch gystal â minnau beth mae clebrwyr y swyddfa yn eich galw. 'Lwmp o Rew' — dyna'r glasenw arnoch chi. Mae pob dyn yn y lle wedi cynnig ond wnewch chi ddim derbyn unrhyw wahoddiad — ddim hyd yn oed y gwahoddiad mwyaf diniwed o lifft adre. Newydd-ddyfodiad ydw i, ond dyw'r gwahanglwyf ddim arna i. Pam na wnewch chi adael i mi fynd â chi adre?'

'Os gwelwch yn dda, peidiwch â chymryd atoch gymaint,' meddai'n dawel. 'Rydw i'n gwerthfawrogi'ch cynnig, ond mi fydda i'n mwynhau cerdded. Ar drothwy'r gwanwyn fel hyn rydw i'n mwynhau'r tywydd tyner.' Edrychodd arno'n pwyso'n oriog yn erbyn y cwpwrdd ac ochneidiodd wrth sylweddoli nad oedd o'r teip i faddau iddi am ei wrthod.

'Nid dyna'r gwir reswm, Madam Lwmp o Rew,' gwawdiodd. 'Rydych chi'n cuddio rhywbeth ac y mae pob un ohonom yn ceisio dyfalu beth. Beth ydy'r gyfrinach fawr sy gennych chi gartref? Rydw i'n ddyn eangfrydig iawn. Mi allwch ddweud wrthyf *fi.*'

Cododd Ceri ei gên yn herfeiddiol. Doedd ganddi ddim cywilydd o'i bywyd teuluol, ond ar yr un pryd doedd hi ddim eisiau ei drafod gyda phob Dic, Siôn a Dafydd chwaith. Fflachiodd ei llygaid glas yn chwerw ond llwyddodd i gadw rheolaeth ar ei llais. 'Does dim rhaid i mi egluro dim byd i chi. Mi wnes i wrthod eich gwahoddiad yn y modd mwyaf cwrtais. Pam na allwch chi dderbyn y peth yn hytrach na gwrando ar bobl eraill yn hel straeon?'

Crechwenodd yntau wrth ddal y drws iddi. 'Rydych chi'n dychryn dynion, Ceri, a phrin y medr merch blaen o'ch oed chi fforddio gwneud hynny. Ys gwn i beth ydy'r dirgelwch tywyll sy'n cuddio dan y galon rewllyd yna?'

Gwyddai Ceri mai bwriad ei eiriau ciaidd oedd ei chlwyfo, ond gwyddai hefyd, gystal â neb, ei bod yn ferch blaen, fod ei hagwedd yn dychryn dynion, ac felly nis brifwyd i'r byw gan ei eiriau miniog. Merch fer, fain, oedd hi, ei gwallt yn winau cyffredin, llygaid glas. Bob amser yn lân a thaclus, byth yn coluro nac yn gwisgo'r ffasiwn ddiweddaraf. Oherwydd hynny tueddai i fod yn anweledig fel pe bai'n toddi i'r dodrefn. Meddyliai pawb ei bod yn hŷn na'i thair ar hugain oed ac ni thrafferthai hithau i'w dadrithio. Roedd yn hynod o swil a hynny'n rhoi'r argraff ei bod yn ffroenuchel. Ni wyddai sut i gywiro'r camargraff.

Nid atebodd Alcwyn Morys, dim ond codi ei gên a cherdded yn gyflym tua'r llifft. Ond cyn iddi ddiflannu o glyw clywodd un o'r dynion eraill yn yr adran graffeg yn cecian chwerthin ac yn dweud, 'Ti wedi colli dy fet, fachgen. Mi ddywedais wrthyt mai gwrthod wnâi hi!'

Ymwthiai pelydrau dyfrllyd haul Ebrill uwch tref Wrecsam ac aeth cryndod drwy Ceri wrth iddi gerdded ar hyd Stryd y Farchnad. Nid yr oerni oedd achos ei phryder ond ei meddyliau. Gwnaeth ymdrech i gael gwared â'i chydwybod aflonydd. Hi oedd piau'r adeg yma o'r dydd ac nid oedd arni eisiau difetha moethusrwydd yr egwyl. Ar ei thaith adre gallai adael i'w meddwl grwydro ac anghofio pob cyfrifoldeb. Chwipiodd y gwynt ei gwallt o'r bellen ac am y tro cyntaf y diwrnod hwnnw goleuodd ei llygaid â gwên o ryddhad pur. Mae hi bron yn wanwyn, meddai wrthi'i hun. Cyn hir byddai'r awel yn gynnes a chlaear. Blodau rif y gwlith. A heulwen. Hiraethai am yr heulwen a ddeuai i wella pob gwewyr a gwae. Bron nad oedd hi'n nofio ar yr awel weddill y daith: ond ymhell cyn iddi gyrraedd ei fflat gysurus a chynnes gallai glywed llefain croch yn trywanu'r awyr.

Rhedodd, hanner baglodd ar hyd y palmant gan fustachu am ei hallwedd.

'Meg? Rydw i adre!' Taflodd ei chôt ar gadair wrth y drws a rhuthro tua'r stafell wely lle'r oedd merch dal brydolau yn plygu uwchben crud. 'Beth ar y ddaear...?'

'Diolch i'r nefoedd dy fod ti wedi cyrraedd!' Ymsythodd y ferch gan wthio'i bysedd yn ffwndrus drwy'i gwallt. 'Mae o wedi bod yn nadu fel hyn ers pan adewaist y bore ma. Mi fedrwn ei dagu!'

Edrychodd Ceri ar y plentyn bach. Roedd ei wyneb yn goch, ei drwyn yn rhedeg a'i lygaid bach wedi chwyddo. 'Oes ganddo fo wres?' gofynnodd.

'Wn i ddim wir.'

'Be ti'n feddwl, wyddost ti ddim? Wyt ti ddim wedi cymryd ei wres o?'

'Wel! Does dim rhaid i ti wneud i mi deimlo fel dihiryn! Dwi ddim yn gwybod sut, beth bynnag.'

Pletiodd Ceri ei gwefusau a cherdded i'r stafell molchi. Pan ddaeth yn ôl yr oedd yn ysgwyd thermomedr. 'Gad i mi ddangos i ti sut mae gwneud er mwyn i ti ddysgu, rhag ofn...'

'Does gen i ddim diddordeb.'

'Meg! Oes gennyt ti ddim teimlad? Mae'r plentyn yn wael.'

'Gwranda, chwaer annwyl, dy gyfrifoldeb di ydy o. Ti oedd ei eisiau, nid fi. Y cwbl oedd arna i eisiau oedd rhyddid i fyw fy mywyd, i fwynhau fy hun, i fynd ble bynnag a fynnwn — nid bod yn gaeth i fabi swnllyd, gwlyb. Wyt ti ddim yn cofio mor braf oedd hi cyn iddo fo gyrraedd? Pam na chei di wared ohono fo, er mwyn i bopeth fod yr un fath ag oedden nhw?

Cynnig o i'r gymdeithas fabwysiadu da thi. Hynny fyddai orau.'

Caeodd Ceri ei llygaid a chyfrif deg, yna gwthiodd ei chwaer o'r stafell. 'Dos i roi'r tegell ar y tân, bendith y Tad. Mi ofala i am Robin.'

Carlamodd Meg allan yn ddrwg ei hwyl. 'Paid â bod yn rhy hir. Mae gen i ddêt pwysig heno.'

Brathodd Ceri ei thafod a chofleidio Robin yn annwyl. 'Dene ti, mach i. Mae dy fodryb yma rŵan. Be' sy'n bod arnat ti, pwt?'

Gwthiodd ei ddyrnau bach i'w lygaid a swatio yn ei chôl gan swnian yn dorcalonnus.

Hanner awr yn ddiweddarach daeth Ceri o hyd i'w chwaer yn y stafell molchi yn perffeithio'i choluro. 'Mae o'n cysgu o'r diwedd,' meddai'n dawel. 'Ond mae'i wres yn uchel — er ei fod yn anadlu'n rhwyddach erbyn hyn. Dwi'n meddwl mai'r dannedd sy'n ei boeni'r tro hwn ac nid yr hen fronceitus yna.'

'Paid â myddaru fi hefo manylion syrffedlyd,' meddai Meg yn sarrug.

'Sut y medri di ddweud y fath beth?' ochneidiodd Ceri mewn anobaith.

'Rydw i wedi dweud a dweud, dwyf i mo'r teip i fod yn fam. Greddf famol wir! Y fath sothach...' Taflodd Meg ei phen yn ôl yn benderfynol. 'Mi rydym ni wedi bod drwy'r rigmarôl yma o'r blaen. Pam na wnei di wrando? Fydda i byth yn fam gymwys i'r bachgen bach yna. Mae'n gas gen i ei warchod drwy'r dydd. Unwaith y bydda i wedi cael gwaith, dyna'i diwedd hi. Mi wyddwn o'r dechrau cyntaf nad oedd arna i ei eisiau o. A does arna i ddim ei eisiau o rŵan chwaith. Chawsom ni ddim byd ond trafferth hefo fo drwy'r chwe mis diwethaf.'

'A beth am Peredur?' meddai Ceri a'i llais fel dur.

'Gad lonydd i Peredur!' ysgythrodd Meg arni.

'Ŵyr o ddim am fodolaeth y plentyn — a diolch am hynny. Does ganddo fo ddim diddordeb mewn dim heblaw hen ddinasoedd wedi'u claddu dan domennydd o rwbel. Dim ots ganddo fo am ddim arall.'

'Wyt ti ddim yn meddwl fod ganddo'r hawl i wybod erbyn hyn? Wedi'r cyfan mae Robin yn fab iddo ynte hefyd.'

Tasgodd Meg bersawr drud mewn mannau dethol ac anwesu'i gwallt melyn yn garuaidd. 'Mi fyddai'r newydd yn sioc ofnadwy iddo fo. Mae o'n ŵr priod, cofia! A phe baet yn 'i nabod o, mi faset yn sylweddoli pa mor gymhleth fyddai'r sefyllfa. Mi fyddai'i wraig yn edliw iddo weddill ei oes. A pheth arall — allai ei frawd ddim dioddef unrhyw fath o sen ar enw da teulu'r Dyrnwal bondigrybwyll. Mi wyddost fod 'i frawd yn rhoi lwfans da i Peredur: byddai'n beryg i hwnnw gael ei docio. Fedr o ddim diodde plant. Ac ar ben hynny mae'r dylanwad ganddo i bardduo f'enw i a gwneud yn siŵr na chawn i byth waith modelu eto. Ac efallai — mynd â'r trychfil bach oddi arnat ti. Ai dyna sydd arnat ei eisiau? Ar ôl i ti addo i Mami y baset yn edrych ar f'ôl i?'

Edrychodd Ceri'n drallodus arni am rai eiliadau gan bendroni am y canfed tro sut y medrai merch mor hardd fod mor galed. Siglodd ei phen wrth sylweddoli nad oedd diben dweud dim pellach. Roedd agwedd Meg yn ei synnu bob tro — dylai wybod yn amgenach erbyn hyn.

Anwylodd Meg ei chorff drwy'r sgert groendyn a rhedeg ei bysedd yn synhwyrus ar hyd y tipyn shiffon glas oedd yn esgus bod yn flows. Gwenodd i'r drych. 'Sut olwg sydd arna i?'

Brathodd Ceri ei gwefus yn galed i fygu ateb brathog. 'Braidd yn fentrus, on' tydi?' llwyddodd i ddweud yn eiddil.

11

'Hy! Pwy ond ti fase'n dweud peth mor ddiniwed! Model ydw i cofia, nid lleian. Mae'n rhaid i mi ddangos fy nghorff er mwyn cael swydd. O! Rydw i'n anelu am y brig, paid ti â phoeni!'

'O! Meg! Anghofia'r fath ffwlbri.' Roedd diffyg amynedd Ceri gyda'i chwaer yn ei gwneud yn floesg. 'Rydw i'n ennill digon o gyflog i gadw'r tri ohonom yn gyffyrddus. Os byddwn yn ofalus...'

'Wyt ti ddim o ddifri?' crechwenodd Meg a'i llais fel rasel. 'Mi gei *di* wisgo'r un hen ddillad flwyddyn ar ôl blwyddyn os mynni di ond mae angen rhai newydd arna i — llond pob man ohonyn nhw! Dim ond meddwl amdanat dy hun wyt ti byth a beunydd, yn ein gorfodi ni i fyw fel hyn. O! rwyt ti'n hunanol! Dim moethau, dim cyffro, dim byd yn digwydd. Dim i'w wneud.'

Sylwodd Ceri ar y llanast o gwmpas y fflat cyn plannu dau lygad dig ar ei chwaer. 'Pe baet yn clirio dy geriach mi fyddai hynny'n rhoi rhywbeth i ti'i wneud.'

'Twt! Rwyt ti'n swnio fel hen nain. Dwi'n mynd,' meddai Meg yn frysiog wrth sylwi ar yr olwg filain ar wyneb ei chwaer. 'Paid ag aros amdana i heno. Rydw i'n gobeithio y bydda i'n hwyr iawn!'

Yr oedd arogl persawr Meg fel gwawn ar yr awel am hydion wedi iddi fynd. Ochneidiodd Ceri. Teimlai fel cadach llawr. Roedd Meg mor fywiog, mor ysgyfala, mor llon. Wedi iddi fynd roedd y fflat yn wag a llwyd fel pe bai wedi mynd â'r holl loywder gyda hi. Roedd hi'n berffaith gywir, wrth gwrs: nid oedd yno na hwyl na chyffro. Dim ond yr un hen fywyd syrffedlyd rownd y ril.

Cafodd Ceri swper diflas o gawl allan o dun a llwyddodd i roi peth trefn ar y fflat cyn gwneud yn siŵr bod y babi'n iawn a mynd i'w gwely. Toc wedi iddi syrthio i gwsg ysgafn dechreuodd Robin grio a brysiodd ato.

'Dene ti, mach i,' cysurodd y plentyn wrth ei godi a'i siglo'n dyner yn ei breichiau i geisio'i leddfu. 'Paid â phoeni, mae popeth yn iawn, mi 'neith Anti Ceri edrych ar d'ôl di.'

Aeth dwyawr heibio cyn iddo dawelu ac yna clywodd sŵn allwedd yn y clo a chwerthiniad Meg fel cloch fach yn tincial. Dylyfodd Ceri ên yn flinedig ac aros am ychydig funudau er mwyn i Meg gael cyfle i ffarwelio â phwy bynnag ddaeth â hi adre.

Ond pan oedd ar fin ymlwybro'n lluddedig i'w hystafell clywodd lais Meg yn protestio'n frwysg a llais gwrywaidd cyfoethog yn ceisio ei pherswadio i newid ei meddwl.

'Na, fedra i ddim dy wahodd i mewn am goffi. Mae'n siŵr fod fy chwaer yn cysgu'n drwm.'

'Wna i ddim mo'i deffro hi. Yn ôl yr hyn a glywaf amdani mae ar y greadures angen pob munud o'i *beauty sleep*. Dim ond pum munud Meg! Er mwyn yr hen ddyddiau?'

'Ddylwn i ddim wir, Bedwyr, ond — olreit te. Pum munud.'

'Na, Meg,' meddai Ceri'n dawel o gysgodion y stafell fyw. 'Dim pum munud — dim hyd yn oed bum eiliad.'

'Ceri! Beth wyt ti'n ei wneud yn dal ar dy draed?' Goleuodd y lamp a phlannu dau lygad dicllon ar ei chwaer. 'Ysbïo arna i wyt ti?'

Caledodd wyneb Ceri wrth weld y dyn tal yn sefyll y tu ôl i Meg. Roedd ei holl osgo'n awgrymu y medrai fod yn berson haerllug digyfaddawd. Dyn trawiadol iawn gyda gwallt du trwchus a wyneb fel pe bai wedi'i gerfio â bwyell. Roedd dwy hafn ddofn un bob ochr i'w wyneb golygus a phant hudolus yn ei ên. Aeth gwayw drwy ei stumog wrth geisio dyfalu unwaith eto sut yr oedd Meg bob amser yn llwyddo i ddenu dynion mor ddeniadol. Pe bai hi'n byw am fil o flynyddoedd ddigwyddai mo'r fath beth iddi hi. 'Mi ddylet fod wedi dysgu dy wers,' meddai'n ddidaro wrth geisio atgoffa Meg o ffolinebau'r gorffennol.

Aeth wyneb Meg fel y galchen wrth glywed ei chwaer yn dannod ac ochneidiodd Ceri'n edifar.

'Na, doeddwn i ddim yn ysbïo arnat ti. Roedd ar Robin f'angen i.'

'O.' Doedd y wybodaeth o ddim pwys i Meg a throdd yn swta at y dyn gan ddweud, 'Mae'n ddrwg gen i Bedwyr, ond rhaid dweud nos da.'

'Na, ddim am funud.' Brasgamodd i'r stafell fyw a chip-edrych yn wawdlyd ar Ceri'n sefyll yno'n droednoeth yn ei gŵn-wisgo lipa a'i gwallt gwinau'n anhrefn cysglyd dros ei hysgwyddau. 'Rwy'n siŵr bod dy chwaer yn gwybod dy fod yn ddigon hen i fedru gwahodd dyn i mewn am goffi bach cyn troi am adre. Wyt ti ddim am ein cyflwyno ni? A phwy ydi Robin, os caf fod mor hy â gofyn.'

Edwinodd Meg dan ryferthwy ei eiriau. 'Fy chwaer, Ceridwen,' llwyddodd i sibrwd yn gryg. 'A dyma... Bedwyr Dyrnwal.'

Crafangodd Ceri ei gŵn-wisgo, yn methu â chredu ei chlustiau. Agorodd ei llygaid mewn syndod. *'Brawd Peredur'*? Daeth y geiriau allan cyn iddi gael amser i feddwl beth oedd yn ei ddweud.

'O? Ydych chi'n 'i nabod o?' Holltwyd hi gan yr angerdd yn ei lygaid glaslwyd ac aeth ias o ofn i lawr ei meingefn.

'Wrth gwrs mae hi'n i nabod o,' torrodd Meg ar ei draws a'i llais yn crynu. 'A rŵan, gwell i ti fynd — mae Ceri'n gorfod codi'n fore i fynd i'w gwaith.'

Credodd Ceri am eiliad ei fod am fynd yn ddistaw ond cerddodd Bedwyr at y drws a'i gau.

'Pwy ydi Robin?' gofynnodd.

'Neb,' meddai Meg gan lyncu'i phoer.

'Neb — o'ch busnes chi,' meddai Ceri a'i llais fel mêl wrth geisio tynnu ei sylw oddi ar Meg. 'Fy mab i yw Robin.'

'Mae gennych *chi* blentyn?'

Fferrodd gwefusau Ceri a lledodd gwrid o dymer i fôn ei gwallt. 'Oes, Mr Dyrnwal. Mae hyd yn oed merched plaen sydd angen eu *beauty sleep* yn medru cael plant.'

Ysgubodd ei lygaid disglair yn feddylgar dros ei chorff gan sylwi ar ei gwallt anniben, ei chorff gwydn main a'i gŵn-wisgo hen a diraen. Synnwyd ef gan urddas ei dicllonedd. Plygodd ei ben mewn ymddiheuriad — a chredai Ceri ei fod yn hollol ddidwyll. 'Mae'n ddrwg gen i eich bod wedi 'nghlywed yn dweud y fath beth. Doeddwn i ddim yn gwybod eich bod chi'n wraig briod a bod gennych fab. Roedd fy mrawd wedi cael argraff hollol wahanol...'

'Oedd mae'n siŵr,' meddai'n finiog er mwyn rhoi terfyn ar y sgwrs. 'Nos dawch, Mr Dyrnwal,' meddai gan hwylio heibio iddo ac agor y drws led y pen.

Nid oedd ganddo ddewis. Oedodd am hanner eiliad, amneidiodd ar Meg a'u gadael.

Wedi iddo fynd trodd Ceri fel llewes ar ei chwaer. 'Rhag dy gywilydd di!'

'Ceri, plîs,' ymbiliodd Meg.

'Ti a dy blîs! Sut wyt ti'n meiddio! Brawd Peredur ydi'r dyn yna! Wyt ti ddim yn sylweddoli beth allai ddigwydd? A ninnau newydd fod yn trafod y mater cyn i ti fynd allan heno.'

'Doedd gen i mo'r help.'

Llyncodd Ceri'i phoer mewn rhwystredigaeth. 'Ond ti ddaru'i wahodd i mewn! Ble mae dy synnwyr cyffredin di? Beth pe bai wedi gweld Robin? Mae o'n gwybod pa mor glòs oedd Peredur a thithe, ac mi allai fod wedi nabod Robin yn syth.'

'Ond ddaru o ddim. Mae gan gannoedd o fabis wallt du a phant yn eu gên — nid nodwedd y teulu Dyrnwal yn unig yw hynny. A ph'run bynnag, nid arna i mae'r bai 'i fod o wedi 'nanfon i adre. Alun Prys ddaru fethu troi i fyny a gofyn i Bedwyr edrych ar f'ôl. Roeddwn i'r un mor gegrwth â thithe.'

Gwenodd Meg yn bert. 'Mi gawsom ni ginio hyfryd a sgwrs felys am yr hen ddyddiau. Mae o'n hynod o olygus, wyt ti ddim yn cydweld? Doeddwn i ddim wedi sylwi tan heno. Roeddwn i bob amser wedi meddwl ei fod o'n llawer hŷn na Pheredur — ond tydi tri deg a thair ddim yn hen, nag ydi, Ceri? Mi fydda i'n ugain cyn hir. Gyda llaw, wyddet ti fod Peredur yn cael ysgariad?'

Taflodd Ceri ei dwylo i'r awyr yn ddiamynedd. 'Meg! Oes gen ti ddim synnwyr o gwbl? Fedri di ddim gweld pa mor ddifrifol ydi'r sefyllfa? Os wyt ti'n mynd i ddechrau chwarae o gwmpas hefo Peredur Dyrnwal eto, neu hyd yn oed hefo'i frawd, sut mae hynny'n mynd i effeithio ar dy fab?'

'Mi wyddwn na ddylwn fod wedi cael y babi.' Llefodd Meg yn ddagreuol. 'Fu dim byd ond helynt hefo fo er dydd ei eni. Pam y gwnês i wrando arnat ti? Nid fy mab i ydio! Ti piau o! Mi ddywedaist hynny heno. Ti oedd ei eisiau. Nid fi. Rydw i'n mynd i ffwrdd gynted ag y gallaf. Mi gei di weld: mi fyddaf yn fodel enwog ryw ddydd hefo digonedd o arian a rhibidires o wŷr cyfoethog...'

'O cer i dy wely!' gwaeddodd Ceri. 'Rwyt ti'n fy ngwneud i'n sâl!'

Roedd hi'n hwyr i'w gwaith trannoeth. Safai Alcwyn Morys wrth y cloc-amseru yn y cyntedd y tu allan i'r swyddfa a chafodd weld holl elyniaeth ei lygaid yn ei deifio.

'Mae Mr Bleddyn wedi bod yn chwilio amdanoch

chi, Madam Lwmp-o-Rew,' meddai'n ddirmygus. 'Mae o wedi bod yn aros amdanoch ers hanner awr. Peidiwch â synnu os cewch y sac. Yn enwedig o gofio'i fod o wedi bod yn gofyn cwestiynau personol iawn amdanoch chi'n ddiweddar.'

Arhosodd Ceri yr un eiliad i glywed mwy nac i bryderu ynghylch ei awgrymiadau sbeitlyd. Rhedodd i lawr y coridor i'r swyddfeydd gweithredol gan guro'r drws yn ysgafn a cherdded i mewn.

'O! Roedd Mr Bleddyn yn methu'n lân â deall beth oedd wedi digwydd i chi, Ceri,' meddai'r ysgrifenyddes ddel braidd yn swta. 'Tydi bod yn hwyr i'r gwaith ddim yn un o'ch gwendidau chi, rhaid cyfaddef. Ewch i mewn ar unwaith.'

Chafodd hi ddim amser i hel meddyliau, gwthiodd y drws a cherdded i mewn i wynebu'r ddesg enfawr gyda'i bwrdd lledr llyfn. 'Mr Bleddyn?'

'A! Miss Prydderch. Dewch i mewn, dewch i mewn, merch i. Tynnwch eich côt. Eisteddwch.'

Dyn tal cydnerth gyda chnwd o wallt purwyn a gwên radlon oedd Mr Bleddyn. Cardi siriol. Hwn oedd y tro cyntaf i Ceri ei gyfarfod er ei bod wedi clywed llawer o sôn amdano, wrth gwrs, ac mai ef hefyd oedd yn llofnodi ei sieciau cyflog. Amneidiodd â'i law at gadair ledr o liw dail yr hydref o flaen y ddesg. 'Rwy wedi clywed shwd ganmoliaeth i chi. Diolch i chi am ddod i 'ngweld i.'

Gwingodd Ceri dan y gwrid oedd yn carlamu i fyny'i hwyneb ond ni ddywedodd air. Dechreuodd blethu ei bysedd yn nerfus ar ei glin tra edrychai Mr Bleddyn arni'n graff. Ceisiodd orfodi ei hun i ymlacio drwy eistedd yn ôl yn ei chadair ac edrych i fyw'r llygaid oedd yn ei gwylio mor ofalus. Os oedd o'n disgwyl eglurhad pam roedd hi'n hwyr, yna ei siomi a gâi. Sut ar y ddaear y medrai hi ddweud wrtho ei bod wedi bod ar ei thraed drwy'r nos gyda baban anniddig? Ni allai ddweud gair heb gael ei rhwydo i orfod egluro holl gymhlethdodau ei bywyd. Hyd yn hyn roedd wedi llwyddo i gadw'i bywyd personol a'i gwaith ar wahân. Yn union fel y dymunai.

'Merch anarferol iawn,' clywodd ef yn sibrwd. 'Maen nhw'n gweud eich bod chi'n un dda am gadw cyfrinach. Odych chi, Miss Prydderch?'

'Feddyliais i erioed am y peth,' cagiodd hithau gan guchio yn ei phenbleth.

'A!' Gwenodd yn fodlon a gwyro ymlaen yn ei gadair. 'Ma cyfrinach da fi. Rwy am ei rhannu da chi. Rwy'n ymddeol — a'm hysgrifenyddes hefyd.'

Ymdrechodd Ceri i wenu er cymaint ei dryswch. Beth ar y ddaear oedd â wnelo hyn â hi?

'Rydyn ni'n priodi.'

'O!' Syrthiodd gwep Ceri am eiliad ond daeth ati ei hun ar amrantiad. Nid oedd yn ddim o'i busnes hi os oedd o'n dewis priodi merch ddeng mlynedd ar hugain yn iau nag ef ei hun. 'Wel, llongyfarchiadau — i'r ddau ohonoch. Gobeithio y cewch heulwen ar y fodrwy.'

'Diolch, merch i.' Rhwbiodd ei ddwylo gan ysgwyd ei ben yn ddoeth. 'Fe wnewch y tro i'r dim. Yn gwmws!'

Eisteddai Ceri'n syn gan syllu arno'n fud. Beth ddywedai nesaf tybed?

'Efallai eich bod wedi clywed rhyw si — y — bod y cwmni'n cael ei lyncu gan gwmni hysbysebu mawr arall?'

Cadarnhaodd Ceri gydag amnaid.

'Ymhen yr wythnos bydd gennych bennaeth newydd — ac rwy i wedi'ch dewis *chi* i fod yn ysgrifenyddes weithredol iddo fe. Gyda chodiad cyflog sylweddol wrth gwrs.'

'Fi? Pam fi?' Roedd hyn yn sioc iddi ac agorodd ei cheg mewn syndod cyn sylweddoli pa mor wirion yr edrychai a chaeodd hi'n glep.

Gwenodd Mr Bleddyn yn foddhaus. 'Am eich bod newydd fynd drwy arbrawf fach yn hynod o lwyddiannus.'

Cododd ei haeliau.

'Do, merch i. Er fy mod wedi gorfod aros amdanoch y bore 'ma, wnaethoch chi ddim mynd drwy ryw hen rodres gwirion a hel esgusion ac ymddiheuro'n wenieithus. Mi ofynais i chi os medrech gadw cyfrinach — doedd gyda chi ddim ateb llithrig — mae'r peth yn gwbwl naturiol i chi. Ac er bod y newyddion am fy mhriodas yn amlwg yn destun syndod, roedd gyda chi ddigon o bresenoldeb meddwl i'm llongyfarch a dymuno'n dda i mi. Mae'n amlwg eich bod yn gwybod pryd i fod yn ddistaw. Rwy'n hoffi hynny — yn fawr iawn. Bydd eich pennaeth newydd yn gwerthfawrogi'r un rhinweddau. Fedr o ddim godde' merched penchwiban. Roedd rhaid bod yn ofalus iawn wrth ddewis ysgrifenyddes iddo fe. Cefais gyfarwyddyd pendant — rhaid cael rhywun sy'n batrwm o effeithiolrwydd — yn ysgrifenyddes ddelfrydol. Mewn gair — paragon.'

Anadlodd Ceri'n araf heb sylweddoli ei bod wedi bod yn dal ei gwynt. 'Mr Bleddyn! Rydych wedi dewis y person anghywir. Fedra i byth bythoedd gyrraedd y fath binacl o berffeithrwydd.'

'Y cyfan ddisgwylir gennych yw i chi wneud eich gwaith yn eich dull arferol gydwybodol. Rwy wedi gweld eich gwaith ac wedi bod yn eich gwylio'n ofalus. Yn ddiarwybod i chi, bid siŵr. Bûm yn siarad â'ch cyd-weithwyr hefyd ac mae'n ymddangos nad oes yr un ohonyn nhw'n gwybod llawer amdanoch chi. Rydych yn ddoeth iawn — yn cadw eich hun i chwi eich hun, fel petai. Ychydig iawn o ferched yr oes hon sy'n meddu'r ddawn honno. Dewch inni weld nawr — dydd Gwener yw hi heddi. Fore Llun fe hoffwn i chi gael sgwrs gyda'm hysgrifenyddes er mwyn iddi hi fedru eich rhoi ar ben y ffordd.' Chwarddodd yn iach. 'Yn gwmws fel mae hi wedi gosod fy nhraed innau ar y llwybr cul!'

Gwenodd Ceri'n wanllyd a gwenodd yntau arni'n siriol. 'Mae gennych synnwyr digrifwch hefyd, fe welaf. Fe ddylech wenu'n amlach. Credaf y bydd yn rhaid i chi ddibynnu cryn dipyn ar eich personoliaeth swynol o ddydd Gwener nesaf ymlaen.'

'Ydi'r swydd yn mynd i fod yn un anodd te?'

'Y swydd ei hun — nag yw. Y pennaeth, odi. Mae Bedwyr Dyrnwal yn medru bod yn dipyn o deyrn.'

'Bedwyr Dyrnwal!' ebychodd Ceri mewn syndod.

'Ydych chi'n ei nabod e?'

Roedd Ceri'n falch ei bod yn eistedd neu buasai wedi disgyn yn ei braw.

'Ydw. Rydw i wedi'i... gyfarfod,' meddai gan deimlo fel tagu.

'Ardderchog. Felly does dim rhaid i mi deimlo mor euog wrth eich taflu chi i ffau'r llewod!'

Synhwyrodd hithau mai dyna'n union yr oedd y dyn caredig hwn yn ei wneud: yn anfwriadol hollol. 'Mr Bleddyn, mae'n wir ddrwg gen i, ond mae'n hollol amhosib i mi dderbyn y swydd,' meddai wrtho.

'Derbyn? Wrth gwrs eich bod yn derbyn.' Chwifiodd ei law gan anwybyddu ei phrotest. 'Mae'r cymwysterau gyda chi i gyd.'

Eisteddodd yno'n syllu arno a'i dannedd yn ysu ei gwefusau yn ei gwewyr. Roedd ei meddwl yn drobwll — ond yr oedd un peth yn glir. Byddai'n rhaid iddi chwilio am swydd arall a hynny o fewn yr wythnos. Allai hi byth ddygymod â gweithio yn yr un adeilad â Bedwyr Dyrnwal — heb sôn am fod yn ysgrifenyddes bersonol iddo a gorfod gweithio yn yr un swyddfa!

'Cyn i chi wneud dim byd byrbwyll,' gwenodd

arni'n glên, 'dewch i mi weud un peth arall. Fe gawsoch eich dethol mas o bump o rai eraill cymwys iawn. Mae eich teipio a'ch llawfer yn ganmoladwy, yn gwmws fel y lleill. Rydych yn lân a theidi a phrydlon — fel hwythau. Ond yr un fantais fawr o'ch plaid rhagor y gweddill yw'r ffaith nad ydych byth yn rhuthro am y drws amser noswylio. Rhinwedd brin! Rydych yr union ferch i'r swydd.'

'Rydych yn garedig tu hwnt, syr, ac rydw i'n wir ddiolchgar i chi, ond — allaf i ddim...'

Tawelodd hi â'i law. 'Mae'n amlwg fy mod wedi gofyn i chi ar adeg anghyfleus. Os gwelwch yn dda, meddyliwch dros y peth fwrw'r Sul. Ystyriwch yn ofalus beth fydd y swydd yn ei olygu i chi — yn ariannol yn ogystal â bod yn gam mawr yn eich gyrfa. A chofiwch hyn — efallai na chewch gyfle tebyg byth eto. Fe gawn sgwrs fach arall fore Llun.' Gwenodd yn heulog arni wrth ei thywys at y drws gyda'i fraich yn dadol, garedig, am ei hysgwydd.

Pan ddychwelodd Ceri i'w swyddfa roedd y merched eraill ar dorri eu bogeiliau ond ni chawsant wybod dim ganddi. Ymroddodd i'w gwaith yn gyfangwbl gan geisio gwthio'r broblem i gefn ei meddwl hyd nes y câi cyfle i gynllunio. Yr oedd un peth yn sicr: ni allai ddal ymlaen i weithio yma. Roedd yn rhy beryglus o lawer. Beth pe bai o'n gweld Robin...

Gwibiodd y pnawn heibio ac erbyn iddi gyrraedd adre'r noson honno bu rhaid iddi ganolbwyntio'i meddwl ar rywbeth llawer pwysicach. Roedd Robin yn wael. Nid oedd amser i boeni am syniad chwerthinllyd Mr Bleddyn.

'Meg, pam yn y byd na faset ti wedi rhoi galwad i mi ar y ffôn yn ystod y dydd?' cyhuddodd hi gan osod gwlanen wlyb ar gorff poeth y plentyn a cheisio tawelu ei igian torcalonnus. 'Os nad oeddet ti'n fodlon mynd â fo at y meddyg dy hun, mi faswn wedi dod adre'n unswydd.'

'Chei di mo dy dalu am golli oriau gwaith,' meddai Meg yn swta. 'Mi fu rhaid i ti wario llawer am fwyd arbennig iddo'r wythnos diwetha, a phe baet yn colli cyflog mi fyddet yn siŵr o ddweud na allet ti fforddio prynu'r flows a'r sgert newydd wnest ti addo i mi, wyt ti'n cofio?'

Crensiodd Ceri ei dannedd a sylwi ar yr un pryd ar y wisg gashmir binc oedd yn ffitio fel maneg am gorf gosgeiddig ei chwaer. Roedd bron yn newydd, gwisg a brynodd iddi dri mis yn ôl i ddathlu adennill ei chorff siapus wedi geni Robin. Nid oedd Ceri wedi cael dim byd newydd i'w wisgo ers deunaw mis, ond gwnaeth ymdrech i reoli'r tyndra yn ei gwddf a gosod Robin yn ei grud. 'Mi gei dy ddillad newydd, Meg, paid â phoeni,' meddai'n dawel. 'Rydw i am anfon am y meddyg at Robin. Os na fedr o ddod bydd rhaid i mi fynd â fo i'r Maelor.'

'Rwy'n siŵr nad oes dim byd mawr o'i le,' meddai Meg gan syllu i'r drych a sychu ei minlliw. 'Mi ddywedaist mai ei ddannedd sy'n poeni.'

'Na. Mae'n fwy difrifol na hynny, rwy'n siŵr. Mae'i frest o mor gaeth a'i wres o'n rhy uchel. Rydwi'n pryderu fod 'i gorff bach o'n sychu...'

'Mi gafodd lymed o ddŵr y pnawn ond doedd arno fo ddim eisiau bwyd. Mi gei di ei fwydo fo.'

Aeth Ceri i alw am y meddyg. Erbyn iddi orffen yr alwad roedd Meg wedi gwisgo'i chôt ac yn stelcian wrth y drws.

Cyn iddi gael cyfle i ddweud gair rhuthrodd Meg i gyfiawnhau ei hun. 'Rydw i'n mynd allan efo Bedwyr — waeth gen i beth ddywedi di! Ond paid â phoeni — ddaw o ddim i mewn wedi'r croeso oeraidd gafodd o neithiwr. Does arno fo ddim blys dy gyfarfod di eto.' A diflannodd wrth glywed sŵn car modur yn y stryd.

Tynnodd Ceri ystumiau wrth gerdded yn ôl i stafell Robin. Gwastraff amser oedd dyheu am i Meg fod yn wahanol. Meg oedd Meg. Un hunanol fu hi erioed. Ni synnai Ceri nad oedd y bachgen bach yn golygu dim iddi. Rhaid oedd wynebu'r caswir.

Daeth y meddyg o fewn yr awr. Gŵr llyfndew, canol oed, gyda llygaid tywyll treiddgar a charedigrwydd lond ei galon. Archwiliodd y bychan yn drylwyr. Caeodd ei fag yn swta ond roedd pryder yn ei lygaid.

'Oes yna natur mogfa yn y teulu?'

Ysgydwodd Ceri ei phen yn ffwndrus. 'Nag oes, dwi ddim yn meddwl. Fe laddwyd fy rhieni mewn damwain llynedd ond roedd y ddau yn berffaith iach bob amser.'

'Beth am dad y plentyn?'

Edrychodd arno'n hurt. Doedd hi erioed wedi cyfarfod Peredur ac nid oedd Meg wedi dweud fawr amdano heblaw ei fod yn ŵr priod ac mai ei brif ddiddordeb oedd archaeoleg.

'Mi wyddoch pwy yw'r tad?' prociodd y meddyg.

Cochodd Ceri at fôn ei gwallt ond brathodd ei thafod cyn datgelu nad hi oedd mam Robin. 'Gwn, mi wn pwy yw'r tad... ond... wn i ddim oes unrhyw hanes o'r fogfa yn ei deulu... ac mae hi'n hollol amhosib i mi ofyn iddo fo.' Ochneidiodd yntau. 'Os felly, y cyfan alla i ddweud ar hyn o bryd yw mai dôs ddrwg o fronceitus sydd arno. Fe adawaf gwrs o gyffuriau iddo ac fe alwaf eto fory.'

'Ydych chi'n meddwl y dylai fynd i'r ysbyty?' holodd.

'Na, ddim ar hyn o bryd, beth bynnag. Cawn weld sut y bydd o'n adweithio i'r antibeiotig, hm?'

Aeth rhai oriau heibio cyn i Robin lithro i gwsg anesmwyth. Eisteddai Ceri wrth fwrdd y gegin hefo papur a phensel yn gweithio allan ei chyllideb.

Dosrannu ei chyflog a brwydro i geisio ymestyn ei harian i bwrcasu bwyd maethlon i Robin a dillad newydd i Meg.

Y rhent, y trydan, moethau i Meg, bwyd: waeth iddi heb. Nid oedd yn bosib cael dau ben llinyn ynghyd. Ond clywai lais ei chydwybod yn ei herio. *Oes mae posib*, meddai'r llais didostur.

Na, dadleuai â hi ei hun. Fedra i ddim. Alla i ddim peri niwed i Robin a rhoi ei ddyfodol yn y fantol.

Ond, meddai llais ei chydwybod, *rwyt ti wedi llwyddo i gadw dy gartref a'th waith yn hollol ar wahân hyd yn hyn. Ac mae'n amlwg nad wyt yn apelio at Bedwyr, felly perthynas hollol broffesiynol fydd rhyngoch chi. Mentra! Gelli ymddiswyddo os aiff pethau dros ben llestri. Os na fentri di, enilli di ddim!* Roedd ei hanner ymarferol yn gweld bod arnynt angen mwy o arian. Rhaid oedd gofalu bod Robin yn cael pob chwarae teg.

Daeth arlliw o wên i'w hwyneb llwyd. Roedd Bedwyr Dyrnwal wedi gofyn am rywun perffaith — paragon oedd ei air ef — onid oedd? Mi gâi ffit pan welai pwy oedd hi!

Gwthiodd y pentwr arian i'r naill du. Syrthiodd ei phen ar ei hafflau a chysgodd yn drwm.

Pennod 2

Diflannodd yr wythnos ganlynol fel y gwynt. Adweithiodd Robin yn ffafriol i'r moddion ac yr oedd yn cysgu'n well o lawer. Manteisiodd Ceri ar y cyfle i orffwyso ac adennill ei nerth wedi nosweithiau o golli cwsg. Y peth nesaf a wyddai oedd bod Mr Bleddyn a Miss Bellis wedi ymadael a hithau'n gofalu am swyddfa foethus ac yn aros am ei phennaeth newydd ar bigau'r drain.

Gwisgodd ei siwt las orau gyda sgert fain a siaced ffurfiol — gweddus i waith swyddfa. O dan ei siaced gwisgodd flows cyn ysgafned â'r gwawn gyda gwddf uchel o lês gwyn a theimlai'n fenywaidd braf ynddi. Tynnodd ei gwallt yn dynn i greu cnapyn ar ei gwar ond roedd cudynnau gwinau yn mynnu dianc ohono a gwyddai nad oedd ganddi amser i fynd i ymbincio. O wel, meddyliodd, Meg ydy'r ferch hardd yn ein teulu ni...

'Ydy syllu drwy'r ffenest yn rhan o'ch dyletswydd foreol chi, Miss...?'

Ysgytwyd Ceri o'i breuddwyd a throdd i wynebu ei phennaeth newydd oedd yn ei thrywanu â'i lygaid.

'Yr argien fawr! *Chi?*' Roedd wyneb Bedwyr Dyrnwal yn barlys o syndod.

Meinhaodd cannwyll ei lygaid yn gylch o arian. Safai'n dalsyth a llonydd yn y drws yn ei hwynebu, ei gôt uchaf dywyll wedi'i thaflu'n ysgyfala dros ei ysgwydd a'i fag yn ei law. '*Chi* ydy'r paragon y mae pawb yn sôn amdani?' arthiodd arni, yn amlwg yn methu â chredu ei lygaid.

'Mi ofynnwyd i mi fod yn ysgrifenyddes i chi, Mr Dyrnwal. Os ydych yn dymuno cael rhywun arall yn fy lle, fe ymddiswyddaf â phleser.' Safodd Ceri'n hollol lonydd gan ddisgwyl iddo dderbyn ei chynnig yn y fan a'r lle. Gweddïodd am nerth i gerdded allan o'r swyddfa gyda rhyw fath o urddas.

Yn nyfnder ei henaid fe wyddai mai nid felly y byddai. Saethai amheuon ac ofnau drwyddi wrth ei wylio'n sefyll yn haerllug yn ei gwylio. Roedd yr awyrgylch yn drydanol. Neithiwr roedd hi wedi tyngu llw y byddai'n cadw rheolaeth ar ei thymer. Rŵan nid oedd hi mor sicr ohoni ei hun.

Yn sydyn chwarddodd Bedwyr yn uchel — chwerthiniad cras, dihiwmor. 'Fe gawsoch eich penodi i fod yn ysgrifenyddes i mi? Chi o bawb! Ond pwy ydw i i amau barn Mr Bleddyn? Dewch i mewn i'r swyddfa, Miss Paragon.'

'Miss Ceridwen Prydderch yw'r enw, syr. Neu — Ceri — os mynnwch.'

Cododd un ael drwchus, ddu fel y parddu. 'O? *Mrs* Prydderch debyg?'

'Na. Dwyf i ddim wedi priodi.' Cododd ei gên yn benderfynol, ei hwyneb yn oer a chaled a'i llygaid yn fflachio'n las wrth edrych i fyw ei lygaid.

Gwelodd ef yn ei hastudio o'i chorun i'w sawdl. 'Peidiwch â dweud eich bod yn un o'r merched modern 'ma sy'n meindio'r un gic ei bod yn fam ddibriod?' meddai'n goeglyd.

Ar waethaf ei agwedd drahaus llwyddodd Ceri i ddweud yn wylaidd, 'Na, syr, dwyf i ddim yn gwneud môr a mynydd o'r ffaith. Does neb yn gwybod dim am fy mywyd preifat i. Chi — a Meg — ydy'r unig rai sy'n gwybod bod gen i fab — neb arall. Felly os clywaf unrhyw si fod fy nghyfrinach yn cael ei thrafod yn y swyddfeydd — mi fyddaf yn gwybod ar bwy i roi'r bai am hel clecs. A byddaf yn ymddiswyddo ar unwaith...'

'Y nefoedd sy'n gwybod! Faswn i ddim yn breuddwydio am bardduo eich enw da chi, Miss

Paragon. Mae'ch cyfrinach yn ddiogel hefo fi, peidiwch â phryderu.' Ond roedd gwên greulon ar ei wefus wrth iddo gamu'n fras i'w swyddfa a chrogi ei gôt ar gambren dderw. Yna eisteddodd wrth ei ddesg yn barod i gychwyn ar waith y dydd. 'Rwyf eisiau i chi alw cyfarfod o'r holl benaethiaid adran am ddeg o'r gloch y bore 'ma ac mae arnaf angen mantolen ariannol fanwl am y pedwar mis diwethaf. Bydd yn gyfarfod hollol anffurfiol ond hoffwn i chi gadw'r cofnodion. Unrhyw gwestiwn?'

'Dim ond un, syr.' Edrychodd arno gan obeithio nad oedd yn sylweddoli ei fod yn ei brifo gyda'i agwedd anhygar. 'Ynglŷn â'ch galwadau ffôn...'

Gwingodd yntau. 'Mae rhywun wedi bod ar y ffôn yn barod?'

'Oes, syr. Rhoswen Morgan-Williams deirgwaith a Nerys Tomos ddwywaith.'

'Pwysodd yn ôl yn ei gadair yn mwynhau gweld y gwrid yn llenwi'i gruddiau. 'Beth oedd ganddynt i'w ddweud tybed? Rhywbeth reit flasus mae'n amlwg!'

'Roedd Miss Morgan-Williams yn meddwl eich bod yn ei hosgoi hi'n fwriadol; mi gefais gryn drafferth i'w darbwyllo nad oeddech wedi cyrraedd y swyddfa. Ac mi gefais ddisgrifiad lliwgar o'i doniau hi yn y gwely...'

Chwarddodd yntau'n dawel. 'Beth ddywedsoch chi wrthi?'

'Nad oedd gen i'r syniad lleiaf am beth roedd hi'n sôn ac y baswn yn rhoi'r neges i chi. Ydych chi eisiau i mi ei chael ar y ffôn i chi rŵan?' Gwyddai Ceri bod ei hwyneb yn fflamgoch a theimlai'n flin â hi ei hun am fethu ffrwyno ei theimladau.

Chwarddodd Bedwyr yn sych gan gribo'i wallt â'i fysedd yn ddiamynedd ac edrych arni gyda'i lygaid tanbaid — llygaid oedd yn plymio i waelodion ei henaid. Gwnaeth Ceri ymdrech i osgoi ei lygaid ond roedd rhaid edrych arno. Ef oedd y dyn mwyaf golygus a welsai erioed.

'Anfonwch ddwsin o rosod i Rhoswen a threfnwch ginio i ddau am wyth o'r gloch heno ym Mryn Golau,' meddai. Aeth ias i lawr meingefn Ceri wrth deimlo hudoliaeth ei lais. 'A'r un peth fory i Nerys Tomos.'

Nid oedd arlliw o emosiwn ar ei hwyneb wrth nodi'r manylion yn ei llyfr. 'Pa liw rhosod ddylwn i eu harchebu, syr?'

'Pa liw anfonais i Meg?'

'Rhai coch.' Bu bron iddi dagu wrth gofio fel yr oedd Meg wedi mynd i lesmair wrth dderbyn y blodau drudfawr.

'Rhai melyn i Rhoswen. Rhai gwyn i Nerys.'

Ddywedodd Ceri ddim am funud. Yna: 'Ai dyna'r cyfan, syr?'

'Rydych yn gweld bai arnaf, mae'n amlwg,' meddai a'i wefusau'n crychu'n ddeniadol.

Ymsythodd hithau ond roedd ei llais yn swnio'n ddifater: 'Does â wnelo eich bywyd personol ddim â mi, syr. A dyw 'mywyd preifat innau o ddim busnes i chi, syr. Unrhyw beth arall?'

'Rydych wedi perffeithio'r ddawn o fychanu dyn.'

Ni ddywedodd ddim ond teimlodd ei gewynnau'n tynhau.

'Ffoniwch y merched hefo'r trefniadau, wnewch chi? Does gen i ddim amser i siarad â nhw ar hyn o bryd,' meddai'n ddiamynedd.

Amneidiodd arni'n swta ac aeth hithau'n ôl i'w swyddfa'n bwyllog. Caeodd y drws trwm a phwyso yn ei erbyn yn crynu drwyddi, ei chyhyrau'n brifo dan y straen. Nid oedd dim i'w glywed heblaw ei hanadlu mân a buan hi ei hun.

Roedd hyn yn hollol wallgof. Roedd hi allan o'i

helfen yn lân. Allai hi byth wrthsefyll hudoliaeth ei bersonoliaeth. Ond ar yr un pryd fe wyddai mai dim ond tor-calon oedd yn ei hwynebu wrth hel breuddwydion amdano a'i wylio'n mynd ag un ferch hardd ar ôl y llall allan i giniawa. Doedd o ddim yn gweld y ferch y tu ôl i'r ysgrifenyddes o gwbl. Aeth cryd drosti. Yr wythnos ddiwethaf Meg oedd popeth ganddo. Heno, Rhoswen Morgan-Williams. Nos fory, Nerys Tomos. Digon i daflu dŵr oer ar ei gobeithion hi, beth bynnag.

Na! Tydi Bedwyr yn golygu dim i mi, meddyliodd, gan bwyso'i bysedd crynedig yn dynn yn erbyn ei harlais. Rhaid i mi ddysgu bod yn ddall ac yn fyddar. Crynai ei dwylo wrth estyn am y teliffon. Ac ar yr eiliad honno y penderfynodd fod yn ysgrifenyddes berffaith iddo. Gwnâi ei gorau i fod mor effeithiol â phosib dan yr amgylchiadau; rhaid ymroddi i'r gwaith ac anghofio'i theimladau personol.

Roedd pob diwrnod yn sialens o'r newydd. Ond ymhen y mis roedd hi mewn cyfyng-gyngor. Ymddiswyddo neu beidio? Teimlai fel sgrechian yn orffwyll oherwydd agwedd hunanol Bedwyr: roedd yn gwbl ddifeddwl, nid yn unig tuag ati hi ond tuag at bawb oedd yn gweithio iddo.

Bob bore roedd yn rhaid iddi wneud ymdrech lew i'w wynebu gan ei fod yn disgwyl llawer mwy na pherffeithrwydd — a hynny heb air o ddiolch. Erbyn diwedd y pnawn teimlai fel cadach llestri a straen y dydd yn amlwg ar ei hwyneb wrth iddi geisio ufuddhau i'w orchymynion diddiwedd a chadw rheolaeth ar ei thymer. Roedd ei nerfau'n rhacs.

Mor hunanol oedd y dyn! Yn trin pawb fel pe baent yn beiriannau. Nid oedd maddeuant am unrhyw gamwedd. Gweithiai oriau afreolaidd hefyd; ambell ddiwrnod nid oedd yno o gwbl. Teimlai Ceri ei fod yn fwriadol anghwrtais. Dro arall treuliai wyth awr a deugain yn ei swyddfa gan gymryd yn ganiataol y byddai hi ar gael ac yn trefnu ei holl brydau bwyd.

Meddyliai Ceri ei fod yn cael rhyw fwynhad diafolaidd wrth wthio pob un ohonynt i ben eu tennyn. Roedd pawb yn cael blas ei dafod — y prif weithredwr, y teipyddion, y negeswyr, y glanhawyr, pawb.

Ond o fewn y mis yr oedd y cwmni wedi'i weddnewid a busnes ar gynnydd!

'Miss Paragon!'

Neidiodd Ceri bron o'i chroen wrth weld Bedwyr Dyrnwal yn edrych arni'n flin o ddrws ei swyddfa. Pelydrai haul y bore ar draws y carped llwydlas a chreu patrymau ar ei wyneb ffroenuchel.

'Symudwch eich desg i ochr arall y stafell! Rŵan! Ydych chi'n fy nghlywed?'

Desg weddol fechan oedd ganddi gyda silff yn ei hochor i ddal ei theipiadur. Roedd ym mhen draw'r swyddfa gyda dwy ffenest fawr y tu ôl iddi. Crychodd Ceri ei thalcen mewn penbleth. 'Ond... mae hi'n iawn ble mae hi, syr!'

'Nag ydy'n wir,' meddai yntau'n finiog. 'Rydych yn gwastraffu amser prin yn edrych allan drwy'r ffenest — wnaiff hynny mo'r tro o gwbl.'

Gwasgodd Ceri ei gwefusau'n dynn gan ymladd i reoli ei thymer. 'Mr Dyrnwal, welsoch chi rioed mohonof i'n esgeuluso fy ngwaith. Fel mater o ffaith y mae'r olygfa drwy'r ffenestri'n ymgeledd mawr i mi. Ar adegau pan mae popeth yn ymddangos yn — y — wallgof, mae cael gweld y coed a'r awyr las yn gymorth mawr i mi roi fy meddwl ar fy ngwaith.'

'Mae'r gwaith yn ormod o faich i chi? Ai dyna'r broblem?'

'Hoffech chi i mi ymddiswyddo?' cegodd hithau gan deimlo rhyddhad o gael cyfle i wyntyllu ei chwynion o'r diwedd.

Pwysodd ar draws ei desg a'i lygaid glaslwyd brin fodfedd oddi wrth ei rhai hithau ac ystum ei gorff yn dangos ei fod yn berwi o gynddaredd. 'Mi fuasech yn mwynhau hynny, mae'n siŵr,' meddai a'i lais yn gryg gan dymer. 'Mi fuasech wrth eich bodd yn dweud wrthyf am stwffio'r swydd i lawr fy nghorn gwddf!'

Sylwodd ar ei ên ffyrnig a'i drwyn main yn anadlu'n fygythiol, ei lygaid fel pe baent yn ceisio tyllu drwyddi. 'B'aswn! A rhoi gwenwyn i chi hefyd!' meddai'n ddistaw.

Neidiodd yntau'n ôl fel pe bai hi wedi'i drywanu. Melltennodd ei lygaid arni ac yna, er ei syndod, dechreuodd wenu'n braf. Chwarddodd yn braf a thaflwyd hi oddi ar ei hechel yn gyfangwbl. 'O! dwi'n siŵr y basech chi'n mwynhau hynny! Ond yma mae eich lle chi, Miss Paragon; does gen i mo'r amser na'r amynedd i chwilio am ysgrifenyddes arall. Ond o'r gorau. Does dim rhaid i chi symud eich desg os mai dyna eich dymuniad. Ar yr amod fod y gwaith yn cael ei wneud, wrth gwrs.' Crafodd ei war cyn ychwanegu'n swta. 'Ble mae ffeil y Carlos? Mae arnaf ei hangen ar unwaith.'

Estynnodd hi iddo'n fud.

'Byddwch yn barod i fynd am ginio am hanner dydd heddiw — nid un o'r gloch,' meddai'n ddidaro wrth ei gadael.

Gwasgodd Ceri ei dwylo'n dynn. O! roedd o wedi mynd yn rhy bell rŵan. Doedd ganddo fo ddim hawl i newid ei hamserlen ar fyr rybudd fel hyn. Doedd o ddim yn deg. Berwai drwyddi wrth edrych drwy'r ffenest gan geisio cael rhyw gysur o edrych ar yr heulwen y tu allan.

Pan ddaeth ati'i hun ceisiodd hel esgusion drosto. Mae'n rhaid fod ganddo gyfarfod pwysig iawn yn ystod ei hawr ginio hi ond pam na fedrai o ddweud wrthi yn lle gadael iddi ddyfalu o hyd. Wyddai hi ddim ble'r oedd hi'n sefyll hanner yr amser. Fo a'i baragon! Roedd hyd yn oed paragon yn haeddu tipyn o ganmoliaeth ac ystyriaeth.

Beth pe bai hi'n dechrau crio — dim ond unwaith — taflu rhywbeth ato — strancio — sgrechian? Ond na, meddyliodd, nid fi fyddai honno! Ochneidiodd a dechrau teipio. Ysgrifenyddes oedd hi — Meg oedd yr un oedd yn arfer sgrechian a chreu helynt, nid hi.

Union hanner dydd a daeth Bedwyr allan o'i swyddfa yn edrych fel Adonis. Daliodd Ceri i deipio gan geisio peidio edrych ar y dyn golygus yn ei siwt dywyll, ei grys sidan gwyn a'r tei glas chwaethus. Yn ddiarwybod iddi hi ei hun ochneidiodd yn ddwys. Efallai ei fod o'n hen deyrn cas ond ef yn sicr oedd y dyn mwyaf deniadol a welodd erioed! Pa ryfedd fod merched yn heidio ar ei ôl?

O na bawn i'n brydferth meddyliodd yn drist. Pe bawn i wedi fy mendithio â harddwch Meg, efallai y byddai'r dyn gogoneddus hwn yn fy ngwahodd innau allan i ginio ac yn anfon blodau... O na bawn...

'Mi wyddoch bod yn gas gen i bobl sy'n hwyr, Miss Paragon.'

Llonyddodd ei dwylo ar y teipiadur ac edrychodd arno'n hurt. Nid oedd wedi sylweddoli ei fod yn dal yno.

'Mi ddywedais wrthych am fod yn barod am hanner dydd.'

Gwridodd hithau'n euog. 'Mae'n ddrwg gen i — wnes i ddim sylweddoli eich bod eisiau i mi adael y swyddfa.'

'Beth?'

'Roeddwn i'n bwriadu bwyta fy mrechdanau wrth fy nesg heddiw. Rydw i'n arfer mynd allan i eistedd yn y parc ond mae'r Bwrdd Dŵr yn gweithio yno ac mae'r lle wedi cau am ychydig ddyddiau. Ond mi af allan os dyna eich dymuniad.'

'Fe ofynais i chi ddod allan am ginio canol dydd — hefo fi.'

Agorodd Ceri ei cheg mewn braw.

'Rydw i'n cofio'n glir i mi ddweud wrthych am fod yn barod erbyn hanner dydd.'

Methai Ceri â chredu ei chlustiau. 'Gofyn i mi? Gofyn ddaru chi i mi fod yn barod i gael fy nghinio am hanner dydd yn hytrach nag un o'r gloch...'

'Y nefoedd fawr! Ydi pob dyn yn gorfod mynd drwy'r fath berfformiad wrth fynd â chi allan?'

'Ond pam? Pam fi...?'

Rhegodd Bedwyr a lluchio'i chôt ati oddi ar y gambren. 'Busnes, dyna'r cyfan; felly peidiwch â dechrau hel meddyliau rhamantus. Wna i ddim cymryd mantais o ferch ddiniwed fel chi, peidiwch â phoeni. Tydi merched oer ddim yn apelio ataf i.'

Crebachodd Ceri dan ei eiriau ciaidd. Siomwyd hi ynddo; roedd yn amlwg wedi bod yn gwrando ar fânsiarad y swyddfeydd eraill a'u llysenw arni.

'Rydym yn mynd i gyfarfod â chynrychiolwyr o Gwmni Carlos — ac mae arnaf eich angen i gadw cofnodion, dyna'r cwbl,' meddai drwy'i ddannedd.

'O.'

Teimlai'n ffŵl wrth gerdded allan o'r swyddfa. Teimlai'n waeth fyth wrth gerdded drwy'r cyntedd a synhwyro llygaid syn ei chyd-weithwyr yn ei dilyn. Wrth gamu allan o'r tacsi teimlai'n fwy anghysurus fyth wrth sylwi ar y gwesty bach dethol — gwesty dienw — dim ond rhif mewn paent aur o flaen y drws.

'Beth sy'n bod rŵan?' meddai Bedwyr yn flin wrth weld Ceri'n ceisio edrych yn anweledig ac yn brwydro i roi trefn ar ei gwallt oedd yn chwifio yn y gwynt.

'Dwyf i ddim wedi gwisgo'n addas i fynd i mewn i le o'r fath...'

Syllodd arni — a theimlai Ceri'i lygaid yn ebillio

drwyddi. 'Mae gennych sgert dywyll a blows wen o dan y gôt ddi-siâp yna. Yr unig beth anaddas yw eich esgidiau hen ffasiwn. A hwn.' Cydiodd yn frwnt yn y pinnau oedd yn dal ei gwallt yn gnapyn a'u taflu i'r naill du. 'I beth ar y ddaear y mae angen y rhain?'

Syrthiodd gwallt Ceri yn donnau dros ei hysgwyddau. Rhedodd ei bysedd drwyddo. 'Mae o'n flêr fel hyn.'

'Mae'n edrych yn addawol iawn! Gadewch lonydd iddo.'

Doedd ganddi ddim amser i ddadlau. Gafaelodd yn ei phenelin a'i fysedd yn cleisio'i chnawd a'i gwthio'n ddiseremoni i mewn i'r gwesty.

Wedi'r heulwen ddisglair y tu allan, roedd gwyll y gwesty yn gryn sioc ac ni allai Ceri ddygymod â'r tywyllwch. Teimlai ei thraed yn suddo i'r carped trwchus a'r bysedd dur ar ei braich yn ei gwthio ymlaen yn y fagddu.

Wedi i'w llygaid ddechrau cynefino â'r gwyll gallai weld nifer o bobl yn eistedd wrth fyrddau crwn cysurus. Ym mhen pellaf y stafell cododd tri dyn i'w cyfarch yn gwrtais.

'A! Bedwyr!' meddai gŵr tywyll a gwallt purwyn, a'i groen fel afal wedi gwystnol.

'Mr Carlos!' plygodd Bedwyr ei ben wrth ysgwyd llaw. 'Hoffwn i chi gyfarfod fy ysgrifenyddes, Miss Ceridwen Prydderch.'

'Sut ydych chi, Mr Carlos?' Teimlodd Ceri ef yn cydio yn ei llaw ac yn ei chusanu'n fonheddig: ond roedd ei meddwl fel chwrligwgan. Roedd Bedwyr yn cofio'i henw! Roedd wedi'i galw yn 'Miss Paragon' am fis cyfan ac roedd ei glywed yn rhoi ei henw cywir iddi wedi'i thaflu oddi ar ei hechel.

'Ceridwen Prydderch?' Edrychodd Arthur Carlos arni'n fyfyriol. 'Enw braidd yn anghyffredin. Ydych chi'n perthyn i Megan Prydderch?'

'Mae gen i chwaer Megan, oes,' sibrydodd Ceri gan edrych ar ei phennaeth am gymorth ond roedd ef yn ysgwyd llaw ac yn cyfarch y ddau ddyn arall wrth y bwrdd.

'Fy meibion a'm partneriaid, Nicolas a Joseff,' cyflwynodd hwy cyn sefyll o'r naill du er mwyn i'r ferch dal, oleubryd, oedd yn cerdded tuag atynt o gyfeiriad stafell y merched ymuno â nhw.

'Meg!' llefodd Ceri.

'Ceri!' — roedd ei chwaer yr un mor syfrdan. 'Beth wyt ti'n ei wneud yma?'

'Gweithio!' Llwyddodd i yngan y gair er bod ei thafod a'i gwddf yn grimp. Roedd ar fin gofyn ble roedd Robin a phwy oedd yn ei warchod a pha mor aml yr oedd Meg yn galifantio yn ystod y dydd. Ond sylweddolodd na allai ddweud dim o'r fath beth. Roedd hi ar ddyletswydd! Nid achlysur cymdeithasol oedd hwn iddi hi eithr rhan o'i gwaith fel ysgrifenyddes, ac roedd ei hangen i gofnodi ffeithiau. Ni allai fforddio gadael i'w phroblemau amharu ar ei gwaith.

Yn sydyn deallodd bod Bedwyr yn dal cadair yn barod iddi ac yn gwgu'n flin wrth ei gweld ar goll yn ei meddyliau. Eisteddodd wrth ei ochr fel robot. Roedd Meg yn eistedd ar ei chyfer a'r ddau frawd deniadol un o bob ochr iddi. Gwenodd y ddau'n gwrtais pan gyflwynwyd nhw i Ceri ond roedd yn hollol amlwg na allent dynnu eu llygaid oddi ar Meg.

'Bedwyr, rwy'n cydweld â chi gant y cant,' fflachiodd Mr Carlos wên ddanheddog arno a'i daro ar ei ysgwydd yn gyfeillgar. 'Mae Megan yn ddelfrydol. Esgyrn perffaith. Ei llygaid a'i chroen a'i hwyneb — popeth yn berffaith. Yn gwireddu fy holl freuddwydion. Ydw i'n iawn, Nici? Jo?'

Cytunodd y ddau'n awchus a meddyliai Ceri pa mor ffôl roedd y ddau.

Roedd Meg mewn gwisg wlân o las yr wybren a'r defnydd meddal yn anwesu'i chorff gosgeiddig. Roedd ei gwallt yn amlwg wedi cael triniaeth ddrud y bore hwnnw hefyd. Sylwodd Ceri ar y shinnón euraid oedd yn gorffwys yn llyfn ar war ei chwaer. Ceisiodd beidio â meddwl am falchder Meg — ond poenai'n fawr am Robin bach. Pwy oedd yn gofalu amdano tra bu Meg yn cael trin ei gwallt?

Wedi archebu eu pryd bwyd a dechrau sipian y gwin coch drud roedd Ceri'n llwyddo i guddio'i gofid dan wyneb digyffro. Gallai synhwyro Bedwyr yn astudio Meg ac yn achlysurol yn troi ei lygaid poethion i'w chyfeiriad hithau.

Cafodd nerth o rywle i gadw'i dwylo'n llonydd gan ei bod yn ysu am ei daro'n giaidd ar draws ei wyneb. Roedd yn amlwg yn ei chymharu hi'n anffafriol â Meg. Meg yn lluniaidd a synhwyrus, hithau'n bwt fer a thenau. Gwyddai Meg yn union sut i wneud y gorau ohoni ei hun gyda chymorth colur; nid oedd Ceri'n gwisgo dim heblaw tipyn o finlliw pinc.

Roedd Bedwyr yn ddigon cyfrwys i guddio'i deimladau ond nid oedd y brodyr Carlos mor gynnil. Eisteddai Ceri gan wingo yn ei chadair yn teimlo'n fwyfwy amherthnasol.

'Mae'n anodd credu eich bod yn ddwy chwaer,' meddai Nicolas. 'Mae Meg mor brydf...'

Derbyniodd bwt yn ei asennau gan ei dad. 'Rwy'n siŵr fod gennych chi ddoniau cudd, Miss Prydderch,' rhuthrodd i geisio rhoi eli ar y briw achoswyd gan eiriau difeddwl ei fab. 'Nid harddwch yw rhinwedd pennaf merched yn y pen draw, wyddoch chi. Mae llawer merch blaen wedi bod yn llwyddiannus dros ben.'

'Popeth yn iawn, Mr Carlos. Rwy'n eich deall yn berffaith. Rwy'n deall hefyd pam mae rhaid i chi gael model hardd — fel Meg — i werthu eich coluron,' meddai'n dawel a bonheddig, ond roedd loes yn y llygaid dan yr amrantau. Teimlai'r sarhad i'r byw ond ceisiodd wenu a chuddio'r boen yn ei llais, 'Gall merched plaen fel fi edrych ar yr hysbysebion a breuddwydio y gallwn ninnau fod yn hardd wrth ddefnyddio eich colur chi.'

'Ydych chi'n credu hynny? Wir?'

'Wrth gwrs.'

'Wel, rwyf i'n anghytuno,' meddai Nicolas yn swta. 'Os nad oes yna harddwch i ddechrau all hyd yn oed y colur drutaf ddim gwneud gwyrthiau.'

Efallai mai siarad ar ei gyfer yr oedd, ond teimlodd Ceri ei eiriau fel brath drwy'i chalon ac aeth ei hwyneb fel y galchen o glywed ei greulondeb di-alwamdano.

'O dewch, dewch! Mi wyddoch gystal â minnau mai rhith yw harddwch!' Torrodd Bedwyr ar eu traws. Bywiogodd drwyddo o ddeall eu bod am siarad-siop o'r diwedd. 'Dyna yw ein busnes ni — creu rhith — gwireddu breuddwydion,' ychwanegodd yn ddeddfol. 'Rŵan, dyma'r hyn sydd gynnon ni mewn golwg...'

Fel roedd y trafod brwd am y byd harddwch a choluro a diwydiant afreal hysbysebion yn hofran o'i chwmpas, teimlai Ceri ei hunigrwydd fel lwmp yn ei stumog. Roedd yr holl sôn am harddwch yn hollol amherthnasol i'w bywyd hi, gwyddai hynny'n burion — a gwyddai hefyd bod y dynion oedd yn eistedd o gwmpas y bwrdd yn gwybod hynny. Ond er gwaethaf popeth, ei dyletswydd oedd gwrando.

Wrth fynd drwy'r pryd bwyd chwaethus siaradai'r gweddill yn llawn brwdfrydedd ond prin y gallai Ceri gyffwrdd y bwyd. Gofynnwyd barn Meg ar bawb a phopeth ac roedd Nic a Joseff fel pe baent wedi'u swyn-gyfareddu ganddi. Ddywedodd Ceri 'run gair.

Cyn belled ag roedd y lleill yn bod roedd hi'n

anweledig ac ni chymerent unrhyw sylw ohoni. Wedi i'r gweinyddwyr moesgar glirio'r bwrdd esgusododd ei hun a mynd i stafell y merched. Sylwodd neb ei bod wedi mynd.

Syllodd ar ei hwyneb anhapus yn y drych. Symudodd ei gwefusau'n ddistaw. Rhoddai'r byd pe bai un dyn — dim ond un waith — yn edrych arni fel yr edrychai Nic a Joseff ar Meg. Plymiodd ei dwylo i'r dŵr iasoer a thasgu dafnau ar ei gruddiau poeth. Nid oedd wedi teimlo'r fath eiddigedd, y fath hunan-dosturi, ers pan oedd yn bedair ar bymtheg oed. Ffieiddiai ei hun am fod mewn cymaint o anobaith. Wnâi hyn ddim lles. P'run bynnag, gwyddai yn nyfnder ei chalon pa mor dramgwyddus y gallai harddwch fod i ferch fel Meg...

Cododd ei chalon beth a phan ddychwelodd at y bwrdd ffarweliodd â'r teulu Carlos yn foesgar. Trodd Bedwyr at Meg, 'Mi af â'th chwaer yn ôl i'r swyddfa, wedyn af â thi adre. Fydd hynny'n iawn?'

Ceisiodd Ceri amneidio ar Meg i wrthod ond anwybyddwyd hi ac atebodd Meg â gwên heulog, 'Wrth gwrs, Bedwyr. Fel y mynni. Rwy'n hynod o ddiolchgar i ti am hyrwyddo fy nghyrfa fel hyn. I feddwl 'mod i'n mynd i weithio hefo'r cwmni hysbysebu mwyaf llwyddiannus yn y wlad! Efallai y medri feddwl am ryw ffordd y gallaf ddangos i ti pa mor ddiolchgar ydw i...'

Roedd wyneb Ceri fel y dur wrth droi ei chefn arnynt a gwisgo'i chôt. Ceisiodd anghofio'r holl ferched oedd yn ei fywyd — pob un yn ysu am ddangos eu gwerthfawrogiad mewn rhyw ffordd neu'i gilydd. O! Meg! Gallwn d'ysgwyd nes bod dy ddannedd yn clecian. Fedri di ddim gweld pa mor bwdr ydi o? A beth am Robin bach? Roedd poen dan ei bron wrth feddwl amdano.

Ond llwyddodd i guddio'i meddyliau cythryblus a gwenodd yn ddiniwed ar y ddau.

'Wyt ti wedi anghofio rhywbeth, Meg? Wyt ti ddim yn cofio ein bod ni wedi trefnu i gyfarfod ddiwedd y pnawn? Mi ddywedaist fod arnat eisiau mynd i siopa. Roeddwn yn edrych ymlaen at dy gwmni.' Taflodd gip sydyn ar ei horiawr. 'Yr iechyd! Mae hi'n hanner awr wedi tri'n barod! Prin y cei di amser i... '

Roedd fflach o ddirmyg yn llygaid Bedwyr yn dangos yn amlwg nad oedd hi wedi llwyddo i'w dwyllo fo.

'Popeth yn iawn, Meg. Faswn i ddim yn breuddwydio am ddifetha cynlluniau dy chwaer. Beth am ginio heno? Gaf i alw amdanat am wyth o'r gloch?'

Diflannodd cynddaredd Meg fel niwl y bore: 'Mi fydda i'n barod!'

Teimlai Ceri'n sâl wrth ei gweld yn ymddwyn mor daeog.

Pan gyrhaeddodd adre'r noson honno cafodd Meg deimlo blas ei thafod. 'Roeddwn yn dy ddisgwyl y tu allan i'r swyddfa,' meddai'n finiog.

'Twt! Celwydd noeth oedd dy stori am fynd i siopa er mwyn cadw Bedwyr a minnau ar wahân. Siopa wir! Wyt ti byth yn prynu dim byd, beth bynnag; rwyt yn rhy gybyddlyd! A pheth arall — roedd arnaf eisiau gwneud fy hun yn barod at heno.'

'Beth sydd ar dy ben di?' ffrwydrodd Ceri. 'Rwyt eisiau bod yn fodel. Iawn! Gallaf ddeall hynny. Ond syniad hollol wallgof ac annoeth yw gweithio i gwmni Bedwyr. Os nad wyt yn fodlon rhoi chwarae teg i Robin, meddylia amdanaf i, da thi. Mi wyddost pa mor galed wyf i'n gweithio i geisio cadw ein teulu bach hefo'i gilydd. Wedi inni golli Tada a Mami — dim ond ni ein tri sydd ar ôl.'

'Mae gen ti nerf! Peidio gweithio efo fo?' trodd Meg arni fel teigres. 'A beth amdanat ti? Rwyt ti'n ysgrifenyddes iddo fo, os gweli'n dda! Mi gefais i sioc ofnadwy pan ddywedodd Bedwyr wrthyf dy fod wedi bod yn gweithio iddo fo ers mis bellach!'

'Does â wnelo hynny ddim â'r peth. Dim ond yn y swyddfa fydda i'n ei weld o — nid yn gymdeithasol — fel ti.'

'Hy! Roedd pnawn heddiw'n gymdeithasol iawn.'

'Dyna'r tro cyntaf,' anadlodd Ceri'n galed, 'a chinio busnes oedd o, dim byd arall.'

'Busnes wir!' wfftiodd Meg. 'Cinio tair awr a hanner hefo'r dyn mwyaf golygus yng Ngogledd Cymru! Ond rwyt yn gwrthod gadael i *mi* ddod â fo adre am baned o goffi hyd yn oed!'

'Mi wyddost pam. Mae'n amhosib. Beth am Robin?'

'Beth amdano fo?' poerodd Meg fel neidr. 'Mae o'n gwybod mai dy blentyn di ydi o. A tydio'n poeni dim am y peth.'

'Nid dyn dall ydi Bedwyr Dyrnwal!' meddai Ceri'n sych.

'Mae'r crwt yna wedi difetha 'mywyd i!' llefodd Meg. 'Fedra i ddim hyd yn oed ddod â chyfaill adre yn y pnawn am baned o de!'

'Mi fyddai'n fwy na phaned o de, mi wyddost hynny'n iawn.'

Aeth wyneb Meg yn fflamgoch yn ei gwylltineb. 'Ac ers pryd mae gen ti'r hawl i amau fy moesau i? Damwain oedd Robin — rwyf wedi egluro i ti dro ar ôl tro. Fuasai'r fath beth ddim wedi digwydd onibai fod Peredur yn ceisio fy nghysuro ar ôl angladd Tada a Mami — cred fi.'

'Does dim rhaid i ti hel esgusion,' meddai Ceri'n edifeiriol. 'Mae'n ddrwg gen i. Mae'r peth wedi digwydd a dyna ben arni. Dwyf i ddim yn dy farnu di — dim ond poeni amdanat ti rhag ofn i ti wneud camgymeriad arall.'

'Wel, cyn belled nad wyt ti'n disgwyl i mi fyw fel

meudwy. Cyn gynted ag y byddaf yn ennill cyflog mi chwiliaf am rywle arall i fyw. Mi fedra i ofalu amdanaf fy hun, paid â phryderu.'

Nid oedd yn disgwyl i Meg ddeall ei bod yn peri loes i'w chwaer. Roedd hi wedi addo i'w mam ar ei gwely angau y gofalai am Meg; ac roedd wedi gwneud llanast o'i haddewid. Teimlai bwysau ei methiant yn ei llethu. 'Oes aspirin ar gael tybed? Mae 'mhen i'n curo fel gordd.'

'Yn y cwpwrdd,' atebodd Meg yn bwdlyd. 'A phaid â gwneud sŵn er mwyn y nefoedd. Mae Mrs Graham yn dweud bod y crwt wedi bod cyn flined â draenog heddiw.'

'Paid â'i alw fo'n grwt, wnei di!' gwylltiodd Ceri'n sydyn. 'A beth ŵyr Mrs Graham? Pa ryfedd 'i fod o'n flin? Mae o newydd gael pwl drwg iawn o fronceitus cofia.' Ochneidiodd. 'Os wyt ti'n mynd allan i weithio o hyn ymlaen bydd rhaid ymorol am rywun cymwys i'w warchod. Rhywun ifanc hefo mwy o amynedd.' Cerddodd i'r gegin a'r aspirin yn ei llaw.

'Mae Mrs Graham yn ddigon atebol,' meddai Meg. 'Mae ganddi ddigon o brofiad beth bynnag — wedi cael pump o blant ei hunan!'

'Na,' llyncodd Ceri ei thabledi gan dynnu wyneb. 'Mae ar Robin angen llawer o ofal a chariad. Wneith hi mo'r tro o gwbl.'

'O wel, rhyngot ti â'th botes!' meddai Meg yn siriol. 'Dy blentyn di ydi o — a'th gyfrifoldeb di hefyd. Dyna Bedwyr rŵan.'

Taflodd fantell sidan werdd yn ysgafn dros ei hysgwyddau a diflannodd yn ysgafndroed drwy'r drws.

Pennod 3

Pwysodd Ceri'n ôl yn ei chadair a'i throi ar ei cholyn i edrych allan drwy'r ffenest i geisio tawelu ei meddwl candryll. Drwy'r dydd roedd merched gosgeiddig wedi bod yn cerdded drwy'r swyddfa i gael cyfweliad â'i phennaeth ynglŷn â modelu dillad nofio. Ef oedd yn gyfrifol am eu hysbysebu ar y teledu. Ceisiodd Ceri ymddangos yn hunan-feddiannol a difater wrth weld yr holl harddwch yn mynd i mewn ac allan o swyddfa Bedwyr. Ac roedd hi'n llesg dan y straen. Roedd ei gwallt wedi dianc o'r cnapyn ac yn disgyn yn donnau aflêr dros ei hysgwyddau. Chwiliodd yn y drôr am fandyn rwber a'i glymu am gynffon o wallt ar ei gwar. Pa bwrpas poeni: roedd bron yn amser noswylio.

Pan agorodd drws Bedwyr siglodd Ceri ei chadair yn ôl yn barod i ufuddhau i unrhyw orchymyn. Ond ni sylwodd arni. Roedd ganddo gwmni amgenach. Ni allai dynnu'i lygaid oddi ar y dduwies bengoch oedd yn dynn yn ei gesail.

Ni allai Ceri wneud dim ond edrych arno a'i weld yn plygu'i ben i gusanu gwefusau lleithgoch y ferch. Aeth cryndod drwyddi wrth sylwi ar yr angerdd yn osgo'r ferch wrth iddi wthio'i chorff yn glòs ato. Ni allai Ceri ddychmygu pa fath brofiad oedd derbyn cusan mor nwydus.

Anadlai'r ddau'n drwm ond yn sydyn sylweddolodd Bedwyr ym mhle'r oedd. Gwelodd wyneb Ceri a chwarddodd wrth weld y gwrid yn carlamu i fyny ei hwyneb. 'O! Rydym yn embaras mawr i'm hysgrifenyddes, Branwen!' meddai gyda gwên bryfoclyd. 'Gwell inni gwblhau'r cyfweliad mewn lle mwy preifat! Beth am heno?'

'O! 'Nghariad i! Syniad bendigedig!' Roedd ei llais yn floesg a synhwyrus. 'Faint o'r gloch?'

'Fydd wyth yn gyfleus?'

'Bydd yn berff...'

'Mae'n ddrwg gen i, syr.' Torrodd Ceri i mewn a'i llais fel rasel. Roedd yn casáu ei hun am ei bod wedi dychmygu mai hi oedd yn ei freichiau. 'Ydych chi wedi anghofio bod gennych gyfarfod am saith? Mi fyddwch yn brysur drwy'r min nos.'

'Cyfarfod?' Edrychodd arni'n gegrwth a cheisio dyfalu am beth ar y ddaear roedd hi'n sôn. Ond roedd wyneb Ceri'n hollol ddifynegiant.

'Cyfarfod ynglŷn â... y... thrafnidiaeth, syr.' Gwelodd y dryswch ar ei wyneb a gwyddai nad oedd ganddo'r syniad lleiaf beth oedd ganddi dan sylw. Ond sut y medrai hi ei atgoffa bod ganddo apwyntiad gyda merch arall ond drwy smalio mai cyfarfod busnes oedd ganddo? 'Ydych chi ddim yn cofio? Mater a gododd yr wythnos ddiwetha — ac fe ddaru chi ofyn i mi eich atgoffa.'

'O Bedwyr!' meddai Branwen brydferth, 'fedri di ddim newid dy gynlluniau?'

Daliai ef i syllu ar wyneb sych Ceri. Gallai hithau weld nerf yn llamu yn ei wddf. Yna ochneidiodd yn ddiamynedd.

'Beth am nos fory?'

Edrychodd Ceri ar ei dyddiadur desg. 'Mae nos fory'n rhydd, syr.'

'Wel, beth amdani, Branwen?'

Roedd y wên hudolus a fflachiodd arni yn llawn addewidion mud. 'Fedri di ddioddef tan hynny?'

Trodd Ceri ei chefn atynt. Roedd y ffug-gariad ar ei wyneb yn ei gwneud yn sâl. Cymerodd arni chwilota am rywbeth yn y drôr a cheisiodd droi clust fyddar i'r sibrwd rhamantus y tu cefn iddi.

O na bawn i'n hardd... Dechreuodd yr un hen

diwn gron yn ei phen unwaith eto a cheisiodd anwybyddu llais piwis ei chydwybod. Hyd yn oed pe bai hi'r ferch harddaf yn y byd, ni fyddai Bedwyr yn edrych arni. Ysgrifenyddes oedd hi a dim arall. Gwnaeth addewid iddi ei hun. Beth bynnag ddigwyddai, ni châi Bedwyr byth wybod ei bod hi'n ei ffansïo fo. O'r fath hwyl a gâi am ei phen! Y fath grechwen a fyddai!

Yn sydyn ymddangosodd pâr o esgidiau duon sglein wrth ei desg a chlywodd ei hanadl yn rhygnu allan o'i hysgyfaint yn ei braw.

'Be gythrel ydych chi'n feddwl ydych chi'n ei wneud? Does gen i 'run pwyllgor heno!' Poerodd y geiriau rhwng ei ddannedd ac roedd ei gorff yn crynu gan dymer.

Sythodd Ceri a cheisio ymddangos yn ddidaro. Gwelodd bod Branwen wedi mynd. 'Rydych wedi addo helpu Meg i symud i'w fflat newydd heno,' meddai gan frysio i ochr arall y ddesg am ddiogelwch.

'Oes *rhaid* gwneud hynny heno?'

'Rydych wedi'i siomi hi ddwywaith yn barod ac fe ddaru chi addo'n bendant. Rydw i'n sylweddoli eich bod yn dechrau colli diddordeb ynddi hi — ond mae hi'n bur awyddus i setlo i mewn. Chi ddaru gynnig, os cofiwch.'

Syllodd arni heb symud gewyn: yna rhegodd dan ei wynt. Gwyddai na allai ddianc oddi wrth ei gyfrifoldeb ond rhaid oedd gollwng stêm rywsut. 'Trueni na fuasai Meg yn debycach i chi,' meddai'n sbeitlyd. 'Ddaru chi ddim gofyn am fy help i'ch symud chi a'ch plentyn, naddo? Doeddech chi ddim yn barod i iselhau eich hun i ofyn ffafr gen i, Miss Paragon!'

Rhewodd ei chorff ac aeth yn welw. 'Chi gynigiodd helpu Meg, Mr Dyrnwal.'

'Rydych yn cael coblyn o gic wrth fod mor annibynnol mae'n rhaid.'

Ddywedodd hi ddim gair.

'Neu efallai bod arnoch angen help ond eich bod yn rhy drwynsur i ofyn?' Roedd ei lais fel sidan ond ei wyneb yn fygythiol dywyll wrth rythu arni.

'Na, does arna i ddim angen dim byd, syr.'

'Pam tybed?'

Syllodd hithau allan drwy'r ffenest.

'Aha! Rwy'n gweld,' meddai'n araf a'i ben ar osgo. 'Dydych chi a'r plentyn ddim yn symud i mewn hefo Meg! Ydw i'n iawn?'

'Tydi hynny ddim o'ch busnes chi.'

'I ble'r ewch chi te?'

Caeodd Ceri ei cheg yn dynn a gwrthod ateb.

'Mi ddywedodd Meg fod eich fflat wedi'i gwerthu gan y perchennog a'ch bod wedi cael mis o rybudd. Mae pythefnos oddi ar hynny. Oes gennych chi rywle i fyw? I ble'r ewch chi? Atebwch fi!'

Berwai gwaed Ceri o dan ei holi didrugaredd. Pa hawl oedd ganddo i'w herio?

Daliodd yntau ati fel ci'n ysgwyd asgwrn. 'Mae'n siŵr nad peth hawdd yw cael lle cysurus, yn arbennig lle sy'n fodlon derbyn plant. Mae Meg wedi'ch gadael ar y clwt, tydi? Mi wn i sut un ydy hi — fedr hi ddim dygymod â chlytiau gwlyb a'r holl bethau eraill anghyfleus sy'n gysylltiedig â magu babi.'

'Fy musnes i yw fy mywyd personol. Pa ots gennych chi os oes gen i le i fyw ai peidio?'

'Oes arnoch chi angen mwy o gyflog? Er mwyn fforddio cael cartref bach clyd i'ch mab? Does ond rhaid i chi ofyn...'

Aeth gwayw drwyddi ac edrychodd arno'n ddirmygus. Roedd yn llawer rhy falch i ofyn am ddim ganddo. 'Does dim angen i chi bryderu o gwbl. Mae 'nghyflog i'n ddigonol. Fy mhroblem i ydy hi a fi fydd raid ei datrys. Mi ddywedais wrth Meg y buasech yn ei chyfarfod am saith.'

Aeth yn ôl at ei desg ond camodd yntau ar ei ffordd yn benderfynol o gael at y gwir. 'Araf deg! Rydw i wedi'ch cythruddo chi...'

Crynodd corff Ceri a bu raid iddi blygu'i phen gan na allai oddef y llais — llais oedd yn od o garedig. Aeth ias drwyddi. 'Dwyf i ddim yn deall...'

'Ydych, rydych chi'n deall yn iawn. Bob tro rwyf i'n sôn am eich mab fe'ch gwelaf yn gweddnewid o flaen fy llygaid. Mae yna lawer o boen yn cuddio o dan y mur o rew yna, Ceri. Mae'n rhaid eich bod yn caru ei dad yn fawr iawn.'

Neidiodd Ceri fel pe bai wedi'i saethu a theimlai dymhestl o dymer yn ffrydio drwy'i chorff. 'Pa hawl sydd gennych i awgrymu'r fath beth?'

Wrth sylwi ar y tro deniadol yn ei wefus cynddeiriogodd fwy fyth. 'Beth wyddoch *chi* am gariad? *Chi* o bawb! Does gennych chi mo'r hawl i yngan y gair hyd yn oed!'

Bu eiliad lethol o ddistawrwydd ac yna'n sydyn rhoddodd ei freichiau cryf amdani a'i thynnu ato. 'Pam? Sut y medrwch chi ddweud — *fi* o bawb? Mi wyddoch fel y mae merched yn heidio ar f'ôl i. Maen nhw i gyd yn dweud mod i'n garwr gwych.' Roedd yn crynu dan deimlad a'i fysedd haearn yn crafangu ei hysgwyddau.

'Nid cariad ydy hynny,' tagodd Ceri wrth ymladd i geisio rhyddhau ei hun o'i afael.

Tynnodd yntau'r bandyn rwber oedd am ei gwallt a rhyddhau'r tresi o'r rhwymyn. Plethodd ei fysedd drwy'i gwallt trwchus. 'Ac mi wyddoch *chi* bopeth am garu wrth gwrs,' sibrydodd yn ei chlust. 'Chi a'ch gwenau dirmygus a'ch wyneb sych-dduwiol yn fy meirniadu byth a hefyd. Fedrwch chi ddim dioddef fy ngweld i hefo merched eraill. Dyna'r gwir onide? Rydych yn fy nghasáu am fy mod yn manteisio arnyn nhw. Neu — efallai mai eich casáu eich hun ydych chi!'

Diflannodd hunan-ddisgyblaeth Ceri ar amrantiad a gwyddai bod ei llygaid yn ddrych o ddyheadau ei chalon. O'r fath ffŵl oedd hi! Ni allai frwydro yn erbyn ei theimladau mwyach. Mi ddylai fod wedi'i osgoi fel pla. I ble'r aeth yr hunan-feddiant a fu'n gymaint o gymorth iddi dros y ddeufis diwethaf?

Teimlai ei bod yn mygu a chlywai ei chalon yn curo fel morthwyl yn ei mynwes. Cyniweiriai iasau i fyny ac i lawr ei chefn. 'Gadewch i mi fynd!' anadlodd.

Edrychodd Bedwyr i ddyfnder ei llygaid a gwelodd y gwacter oedd yn eu llenwi. Crynodd ei lais. 'Beth wnaeth o i chi? Addo'r byd a'i drysorau — a cherdded allan? Ai dyna sydd wedi peri i chi droi'n dalp o rew dideimlad?'

Caeodd ei llygaid i guddio'r hiraeth a'r anobaith ynddynt. Teimlai'r angerdd yn ei freichiau yn cydio'n dynn ynddi, ei fysedd yn ei gwallt, yn tynnu'i phen yn ôl, yn ei gorfodi i edrych arno.

Ddylai hyn ddim digwydd, meddyliodd mewn braw. Mi ddylwn fod wedi cau 'ngheg a gadael iddo fynd hefo Branwen — a gofyn i rywun arall helpu Meg.

Roedd pob greddf yn ei pherswadio i'w gasáu o waelod ei chalon ond yn sydyn sylweddolodd mewn braw fod ei chorff yn ei bradychu. Teimlodd fel pluen yn codi ac yn disgyn ar yr awel a gwyddai bod y sefyllfa'n un hollol wallgof.

'Mi fuoch yn caru unwaith,' meddai Bedwyr yn floesg. 'Ble mae'r angerdd oedd yn ffrydio drwy eich corff bryd hynny? Neu a yw'r rhew wedi diffodd y tân?' Cusanodd ei gwddf yn ysgafn gan fwynhau blas ei chroen lliw'r hufen. Crwydrodd ei wefusau i fyny'i gwddf nes cyrraedd ei gwefusau crynedig. Teimlodd ei wefusau'n ei chyffwrdd cyn ysgafned â gwawn y bore.

Synnwyd hi gan ei dynerwch — a hithau wedi

meddwl mai un didostur fyddai wrth fynnu ei hawliau. Cyfareddwyd hi gan ei gusanau meddal a theimlodd iasau anghyfarwydd yn llifo drwyddi. Gafaelodd ynddo'n chwyrn a'i bysedd yn anwylo'r ysgwyddau cyhyrog. Parlyswyd hi bron gan ei theimladau a chorddai ei holl synhwyrau o'i mewn.

Ni fodlonodd ef yn hir ar brin-gyffwrdd ei gwefusau. Yn dyner, dyner, gwahanodd hwy, yn nwydus, yn benderfynol, yn feistrolgar.

Aeth Ceri'n llipa yn ei llesmair a'r iasau'n treiddio i bob rhan o'i chorff. Ar yr un pryd gwyddai ei bod yn gwneud peth hollol annoeth.

'Mmmm, mae blas da arnoch chi,' sibrydodd ar ei gwefusau. 'Ac mae persawr eich corff yn f'ysigo. Beth ydi o? Mae o'n anghyfarwydd...'

Neidiodd Ceri fel pe wedi'i thrywanu. Doedd hi byth yn gwisgo persawr — ond gwyddai bod sawr powdr babi ar ei chroen a'i dillad bob amser. Robin! A dyma hi ym mreichiau'r union ddyn allai beryglu dyfodol y plentyn! Feiddiai hi ddim gadael iddo wybod y gwir am gefndir y bychan...

Rhoddodd hergwd iddo. Roedd yn anadlu'n fyr a gweddïai na wyddai Bedwyr pa mor agos y bu hi i ildio iddo.

Safodd Bedwyr fel delw. Ei ddwy fraich yn ddiymadferth wrth ei ochr. Gwelodd wyneb fflamgoch Ceri. Roedd ef ei hun fel y galchen ac yn ei gwylio fel gwenci.

'Wel, wel!' meddai'n sigledig.

'Os ydych chi wedi gorffen chwarae hefo 'nheimladau i, Mr Dyrnwal, mae'n amser i mi fynd. Mae hi wedi troi pump o'r gloch.' Roedd ei llais yn ddigon oer i rewi heulwen yr haf. Y fath hwyl gafodd o — yn chwerthin am ei phen — yn chwarae â'i theimladau — concwest arall — yr un fath â'r holl ferched eraill oedd mor awyddus i lamu i'w freichiau!

Bu bron i'w choesau roi oddi tani wrth iddi gerdded yn simsan at ei desg. Dyma'r peth mwyaf lloerig a wnes erioed, meddyliodd. I feddwl ei bod hi wedi bod mor wan! Mi fyddai o'n chwerthin yn braf wrth ddweud yr hanes wrth ei gariadon! Tybed wnâi o anfon rhosod iddi? A pha liw fydden nhw? Teimlai fel chwerthin yn hysterig. I feddwl fod dyn mor olygus — mor anghredadwy o olygus — wedi cusanu merch mor blaen â hi! Prawf diamheuol wrth gwrs nad oedd neb yn ddiogel rhag ei bersonoliaeth fagnetig, lygredig. Ble'r oedd ei synnwyr cyffredin hi, neno'r annwyl?

Wrth ei gwylio'n hel ei phethau at ei gilydd mor ddidaro meinhaodd gwefusau Bedwyr. 'Beth? Dim hysterigs? Dim ymddiswyddo yn y fan a'r lle?'

Siaradodd Ceri'n dawel. 'Pam? Ai dyna oedd arferiad eich holl ysgrifenyddesau chi yn y gorffennol? Os ydych yn disgwyl i mi wneud yr un peth rhaid i mi eich siomi. Mae arnaf angen y swydd — mae'r angen am gyflog yn gryfach na 'nghasineb tuag atoch... Ydych chi'n meddwl y dylwn i ymddiswyddo oherwydd i mi gael un munud o wendid?' Cododd ei gên yn ddewr i brofi bod ganddi beth balchder yn weddill, beth bynnag. 'Mae Branwen yn ferch hardd iawn — ac mae arnoch ei heisiau hi. Rydw i'n sylweddoli mai arna i mae'r bai — mi wnes eich gwylltio wrth eich atgoffa am eich addewid i Meg. Dial wnaethoch chi wrth...'

'Felly'n wir!' meddai yntau'n wawdlyd — ond roedd loes yn ei lygaid. 'Ac un o'ch dyletswyddau chi fel ysgrifenyddes berffaith yw ymateb yn nwydus i rywun sydd eisiau dial arnoch chi, mae'n debyg?'

Bu bron yn ormod iddi ond gwnaeth ymdrech ddewr i'w ateb er bod ei gwefusau'n teimlo fel pe baent wedi fferru. 'Mi wyddoch o'r gorau sut i demtio merch. Rydych wedi perffeithio'r grefft. Mi allech chi greu cynnwrf mewn carreg!'

'Ond wnes i ddim effeithio dim arnoch *chi*. Ai dyna ydych chi'n ceisio ei ddweud?'

'Mae'n ddrwg gen i dolcio'ch hunan-hyder chi. Ond na! Chawsoch chi ddim affliw o effaith arna i.'

'Nid dyna beth oedd eich corff yn ei ddweud.'

'Fy nghorff efallai. Ond nid fy enaid.'

Aeth ei wyneb yn borffor. 'Hy! Does gennych chi 'run enaid, Miss Paragon!'

Gwenodd Ceri'n oer arno, gwên ddirmygus, a chychwynnodd gerdded allan o'r swyddfa.

'Mi af â chi adre,' meddai'n ddiflas.

'Dim diolch.' Trodd ei chefn arno. 'Dwyf i ddim eisiau mynd adre ar hyn o bryd.'

'Peidiwch â dweud fod gennych ddêt!' crechwenodd. 'Na! Byddwch ddistaw am funud! Dewch i mi ddyfalu. Alcwyn Morys? Rydw i wedi sylwi'i fod o'n treulio cryn dipyn o amser yn sefyllian yn y cyntedd yn llygadu'r merched. Mae'n siŵr ei fod o jyst y teip i beri cyffro yn y galon oer yna.'

Cerddodd Ceri ymaith heb drafferthu i ateb ei sylwadau miniog.

Ar y bws ar y ffordd adre roedd ei meddwl fel pwll tro ond daeth ati hi ei hun yn raddol bach. Twt! Beth oedd ots? Byddai'r cyfan fel breuddwyd erbyn trannoeth, cysurodd ei hun. Tegan oedd merch i Bedwyr. Rhywbeth i'w ymlid, i'w goncro, i'w daflu o'r neilltu. Efallai bod ei hagwedd ffroenuchel hi'n dipyn o sialens iddo: ei hymddygiad oeraidd yn peri iddo feddwl nad oedd yn cael unrhyw effaith arni. Y creadur gwirion, meddyliodd. Hwn oedd y tro cyntaf iddo fethu, mae'n debyg. Byddai Meg yn siŵr o deimlo blas ei dafod heno.

Ymgollodd yn llwyr yn ei meddyliau heb sylwi ar neb na dim ar ei thaith. Cynlluniodd ei min nos. Beth am fynd â Robin am dro i'r parc? Câi hithau damaid i'w fwyta yno hyd nes y byddai'n ddiogel iddi ddychwelyd adre. A gwnaeth addewid iddi'i hun: dyma'r tro olaf y byddai raid iddi drefnu min nosau o'r fath.

Roedd Meg yn benderfynol o symud i'w fflat ei hun ac nid oedd gobaith newid ei meddwl. Mynnai gael ei rhyddid. Er bod Ceri'n teimlo'n gyfrifol amdani, ceisiodd feddwl yn bositif. Nid plentyn oedd Meg mwyach. Gallai gadw llygad arni ond roedd yn hen bryd iddi ddysgu sefyll ar ei thraed ei hun. Ac yn fwy na hynny — wedi i Meg adael y fflat byddai llai o beryg i Bedwyr daro ar Robin a darganfod y gwirionedd. Wedi i Meg fynd byddai hi, Ceri, yn medru anadlu'n rhydd unwaith eto gan mai prin y byddai Bedwyr yn galw o hynny 'mlaen.

Addfwynodd ei hwyneb wrth weld gwên fawr Robin yn y ffenest ym mreichiau'r wraig garedig oedd yn ei warchod. Roedd Alys Morgan fel ateb i weddi daer. Drwy un o'i chymdogion, yn hollol ar ddamwain, y clywodd amdani. Doedd ganddi ddim plant ac roedd wedi bod ar restr fer y Gymdeithas Fabwysiadu leol am dair blynedd. Roedd hi'n wyth ar hugain oed ac ar fin anobeithio. Roedd y trefniadau rhyngddi hi a Ceri'n gweithio'n berffaith. Roedd Alys wedi gwirioni ar Robin a medrai Ceri fod yn dawel ei meddwl wrth ei adael yng ngofal y wraig gynnes a gofalus hon.

'Dwi'n credu ein bod ni wedi llwyddo i gael gwared â'r hen fronceitus yna,' meddai Alys pan gerddodd Ceri i mewn i'r stafell fyw oedd â theganau Robin blith draphlith ar hyd y llawr. 'Mae'i frest o'n hollol glir heddiw. Mae cael tipyn o awyr iach a heulwen wedi gwneud byd o wahaniaeth, ydech chi ddim yn meddwl?' Gyda Ceri roedd hi'n siarad ond ar Robin roedd hi'n gwenu wrth roi ei gôt goch amdano a gosod cap yn ofalus ar ei ben.

'Hynny — a thipyn o'r Tair C gennych chi,' gwenodd Ceri arni.

'Y Tair C?'

'Cariad, Cusanau, Caredigrwydd,' meddai Ceri.

'O! Ond pwy fedr beidio,' meddai Alys gan afael yn dynn ynddo. 'Edrychwch ar ei lygaid mawr o. A'r pant yn ei ên o! Pan fydd hwn wedi tyfu i fyny mi fydd y merched yn ciwio yn un rhes amdano fo.'

Chwarddodd Ceri. 'Rydych chi'n gymeriad, Alys! Mae'n dda nad ydi o'n deall neu mi fuasai'n mynd yn ben mawr iawn.'

'Ond mae'n wir — ar fy llw! Fedrwch chi ddim gweld ei fod o'n mynd i fod yn anghyffredin o olygus?'

Medrai, mi fedrai Ceri weld hynny'n iawn. Roedd o'n mynd yn debycach i'w ewythr bob dydd. Tybed a oedd Peredur Dyrnwal yn debyg i'w frawd? Ceisiodd beidio â meddwl amdanynt.

'Wyddwn i ddim eich bod chi mor rhamantus, Alys. Rydych chi'n darllen gormod o nofelau Cyfres y Fodrwy...'

'Efallai wir. Mi fyddaf yn credu bob amser bod cariad merch yn ddigon i ddofi un o batriarchiaid mwyaf macho'r anialwch neu ryw fatador bygythiol neu...' Amneidiodd at y pentwr llyfrau ar y bwrdd gerllaw. 'Newydd gael y rhain heddiw ac mi rydw i'n ysu am eu darllen nhw — un ar ôl y llall.'

Rhyfeddodd Ceri. 'Mae eisiau saethu pwy bynnag sy'n eu sgwennu nhw am lenwi pennau merched â'r fath gawdel.'

Syrthiodd gwep Alys. 'Be sy gynnoch chi'n erbyn rhamant? Mi wyddoch mai cariad ydi'r reddf gryfaf yn y byd.'

'Ie, debyg. Ac edrychwch ar stâd y byd,' meddai Ceri'n sych.

'Nid cariad sydd wedi achosi hynny. Ydych chi ddim yn deall? Diffyg cariad ydy achos yr holl helynt. Does dim digon o ramant yn yr hen fyd yma.

Neb yn medru ymddiried yn ei gilydd. Pawb yn ofni'r cyfrifoldeb sydd ynghlwm wrth gariad. Pawb ag ofn cael eu brifo ac yn ofni caru ei gilydd.

Ochneidiodd Ceri. Bu hithau 'run fath un tro, meddyliodd, yn eiddgar ac yn awchus i ddadlau am bwysigrwydd cariad a rhamant. 'Dim ond rhith yw'r cyfan, Alys,' meddai'n chwerw. 'Purion mewn nofel neu ffilm ond amherthnasol i fywyd pob dydd pobl gyffredin.'

'O! mi rydych chi'n swnio'n chwerw,' crychodd Alys ei thalcen wrth estyn Robin iddi. 'Ond mae'n rhaid eich bod wedi caru rhywun unwaith...' Distawodd yn sydyn yn chwys oer drosti. 'Mae'n ddrwg gen i, Ceri, rydw i'n hollol ddifeddwl. Fynnwn i ddim busnesa. Anghofiwch beth ddywedais i.'

'Popeth yn iawn, Alys. Dwyf i ddim yn chwerw. Mi wn bod cariad yn aros amdanaf yn rhywle. Ond nid wyf yn fodlon cael fy nallu ganddo. Mae cariad yn ddall wyddoch chi.'

'Tydi hynny ddim yn ddrwg i gyd. Mae'n braf bod yn ddall weithiau.'

Ydi, meddyliodd Ceri, dyna pryd y gallaf weld cymaint o hen sinach yw fy mhennaeth. Wrth feddwl amdano ffrydiodd teimlad o atgasedd tuag ato drwy'i chorff. Mae'n rhaid na fedrai'r merched oedd yn dwlu arno weld ymhellach na'i wyneb golygus a'i ffug-gwrteisi a'i wenau gwenieithus. Ond gwyddai hi nad oedd ganddo unrhyw beth i'w gynnig. Roedd yn ei nabod tu chwith allan erbyn hyn. Efallai ei bod, wedi deufis yn ei swyddfa, yn ei nabod yn well nag ef ei hun.

Pan ddaeth Bedwyr Dyrnwal i'w swyddfa fore trannoeth roedd Ceri eisoes yng nghanol pentwr o lythyrau ar ei desg, ei meddyliau dan gochl.

Edrychodd arno'n oeraidd pan agorodd y drws a thrwy wyrth llwyddodd i wenu arno er i hyn fod yn gryn ymdrech.

Roedd o'n edrych fel pe tai wedi bod ar ei draed drwy'r nos. Roedd ei ên yn dywyll dan drwch diwrnod o farf a'i wallt lliw'r frân heb weld crib. Nid oedd chwaith wedi cau botymau uchaf ei grys ac roedd ei goler a'i dei yn bob siâp.

Am funud hir syllodd arni'n fud a'i lygaid yn goch gan ludded. 'Ddaethoch chi ddim adre neithiwr,' meddai'n gryg. 'Ble'r oeddech chi?'

Anwybyddodd Ceri ef ac aeth yn ôl at ei theipiadur a dechrau dyrnu'n ddall, ond gafaelodd yn ei llaw. 'Os gwelwch yn dda.'

'Oes gennych chi gur yn eich pen, Mr Dyrnwal?' Pigodd ef yn wawdlyd. Ni allai beidio. Roedd ei fywyd amrwd yn dechrau mynd yn drech nag ef. Sut olwg oedd ar Meg tybed?

'Os gwelwch yn dda. Atebwch. Ble roeddech chi neithiwr?' mynnodd. 'Fe arhosais tan dri o'r gloch y bore.'

Cymerodd arni nad oedd wedi'i glywed. 'Hoffech chi i mi nôl aspirin i chi? Neu gwpaned o goffi?'

Fflachiodd ei lygaid fel arian byw. 'Atebwch fi!' Gafaelodd yn ei ben â'i ddwy law: 'Beth ar y ddaear oedd gennych chi yn y decanter yna?'

'Decanter?' Sythodd ei chorff mewn sioc ac agorodd ei llygaid led y pen. 'Yr un gwydr yn y gegin?'

Nodiodd ei ben ond roedd pob symudiad yn amlwg yn peri poen iddo.

'O na!' Gwelwodd Ceri wrth syllu arno. 'Ddaru chi rioed 'i yfed o?'

'Beth oedd o?' ochneidiodd yntau.

Stwffiodd Ceri ei dwrn i'w cheg a brathu ei hun mewn angerdd. 'Yr haf diwethaf — fe geisiodd Meg a minnau wneud gwin cartref — ond aeth rhywbeth o'i le ar y burum — ond roedd lliw'r hylif mor brydferth fe benderfynais ei adael yn y ffiol. Doedd o ddim ffit i'w yfed! Mae'n ddigon posib eich bod wedi cael eich gwenwyno! Pam yn y byd na fuasai Meg wedi'ch rhybuddio?'

'Doedd Meg ddim yno.' Aeth cryndod drwy'i gorff a rhuthrodd i'w swyddfa ei hun a disgyn yn glwt ar y soffa isel gan riddfan yn dorcalonnus.

Aeth Ceri i mewn ar ei ôl gan gysidro beth ar y ddaear y gallai hi ei wneud. 'Ddaru chi ddim 'i arogli o? Allech chi ddim dirnad nad oedd yn addas i'w yfed?'

'Wel, mi roeddwn i'n meddwl ar y dechrau mai rhyw fath o ddiod anarferol oedd o. Roedd y gwydraid cyntaf yn o lew. Mi benderfynais wneud fy hun yn gartrefol tra'n aros amdanoch chi.'

'Y gwydraid cyntaf? Faint ddaru chi'i yfed?'

'Tri chwarter y ffiol.'

Caeodd ei llygaid. 'Gwell i mi fynd â chi i'r ysbyty ar unwaith.'

'Na!' Pwysodd Bedwyr ei ben yn ôl a rhwbio'i wyneb yn llesg â'i ddwylo. 'Gadewch lonydd i mi am ychydig, mi fydda i'n iawn. Mae gen i... fy mharagon... i edrych... ar f'ôl i...'

'Mi fyddai'n well gen i...' Ond tawodd. Roedd o'n cysgu.

Neu efallai mai anymwybodol oedd o? Gafaelodd yn ei arddwrn er mwyn cael teimlo'r curiad. Roedd yn egwan ond rheolaidd. Brathodd ei gwefus mewn cyfyng-gyngor ac aeth i chwilota yn y cwpwrdd yn y swyddfa am wrthban i'w thaflu drosto. Sylwodd fod ei wyneb fel y galchen a gwelodd y cleisiau gleision dan ei lygaid. Mae'n siŵr y byddai'n teimlo'n well wedi cael cyntun bach. Tynnodd ei esgidiau a'i esmwytháu'n ofalus allan o'i siaced cyn cau'r llenni a dychwelyd i'w swyddfa ei hun yn llawn gofid ac euogrwydd.

Beth pe bai o'n marw? Ei bai hi fyddai hynny! Pam na fuasai hi wedi taflu'r gwin drwg i lawr y sinc? Ond sut roedd disgwyl iddi wybod y byddai neb mor wirion â'i yfed? Tybed ddylai hi anfon am y meddyg? Ond penderfynodd beidio wrth ddychmygu'r mân-siarad achosid o gwmpas y swyddfeydd... Gwell peidio. Rhaid i mi edrych ar ei ôl, meddyliodd. Roedd ei hwyneb hithau'n llwyd ac ochneidiodd yn ddwys wrth edliwio iddi hi ei hun.

Llwyddodd i ohirio ei holl gyfarfodydd am y dydd. Yn ogystal â chadw llygad ar ei phennaeth llwyddodd hefyd i dawelu'r galwadau ffôn o bob cyfeiriad a delio â llu o ferched hardd oedd yn 'digwydd' galw heibio — 'rhag ofn bod Bedwyr yn digwydd bod yn rhydd'.

Llifodd esgusodion llithrig yn ddiymdrech ac erbyn amser noswylio teimlai ei bod wedi llwyr ddihysbyddu ei stôr o gelwyddau. Roedd diwrnod o brysurdeb wedi'i gadael yn teimlo'n wan fel cath.

Roedd pob swyddfa yn wag a thywyll pan biciodd i mewn i'w weld. Goleuodd lamp fechan a gwelodd ei fod yn dal i orwedd ar y soffa ond yr oedd wedi symud. Erbyn hyn gorweddai ar ogwydd a'i wddf yn edrych yn bur anghysurus yn erbyn ei fraich. Gwyddai y byddai ganddo gur pen enbyd wedi deffro — yn ogystal â chric yn ei war.

Erbyn hyn roedd hi'n hwyr glas a dechreuodd bryderu am Robin: er i Alys ei sicrhau y byddai hi'n gofalu amdano. Allai hi ddim gadael Bedwyr yma fel hyn drwy'r nos, ond ni allai aros yn hwy chwaith. Teimlai'n flinedig a phigog ac roedd arni eisiau mynd adre. Ychydig iawn o gwsg gafodd hi'r noson gynt yn y motel. Dyna lle'r aeth hi pan sylwodd fod car Bedwyr yn dal y tu allan i'w chartref wedi hanner nos.

Yn dyner a gofalus ceisiodd symud ei gorff trwm i geisio esmwytháu'r pwysau ar ei wddf ond pan roddodd ei breichiau amdano i geisio ei godi trodd yntau'n sydyn. Tynnodd hi i lawr ato a'i charcharu yn ei freichiau.

Agorodd un llygad swrth ac edrych i fyw ei llygaid. Roedd ei freichiau'n dynn amdani. 'Chi sydd yma, fy mharagon,' meddai'n floesg. 'Rydw i wedi breuddwydio amdanoch lawer gwaith.' Crwydrodd ei ddwylo cydnerth ar hyd ei chorff dan ei gwisg denau gan aros yn grynedig ar ei chlun osgeiddig.

Ymladdodd Ceri am ei hanadl: 'Deffrwch, Mr Dyrnwal!'

Syllodd ar ei gwefusau fel pe bai wedi'i swyngyfareddu. 'Bedwyr ydi f'enw i. Dewch i mi gael eich clywed yn dweud f'enw i.'

Griddfanodd mewn gwewyr. Nid oedd hyn yn digwydd! Roedd o'n meddwl mai rhyw ferch arall oedd hi.

'Dwedwch f'enw i!'

'Gadewch i mi fynd, Bedwyr' ysgythrodd arno.

Gwelodd ef yn ceisio dadebru fel pe mewn rhyw niwl. Arafodd amser fel y syllent ar ei gilydd mewn mudandod. Fflachiodd rhywbeth yn ei lygaid ond diflannodd yr un mor sydyn ac ni allai hithau ddeall fflach o beth ydoedd. Meddalodd ei wefusau'n ddeniadol.

Eisteddodd a'i bwys ar ei unfraich gan edrych o'i gwmpas yn ffwndrus a rhyddhau Ceri wrth iddo ymdrechu i eistedd yn syth. 'Beth sy'n digwydd?' sibrydodd.

Llifodd ias o ryddhad drwy Ceri. Doedd o ddim yn effro pan afaelodd ynddi... Breuddwyd oedd ei eiriau trwsgl. 'Rydych wedi bod yn cysgu drwy'r dydd. Sut ydych chi'n teimlo erbyn hyn?'

'O! Rydwi'n cofio rŵan. Chi ddaru geisio fy ngwenwyno i!'

Gwridodd hithau'n euog. 'Ie, fi sydd ar fai. Ond wnes i ddim gofyn i chi wneud eich hun yn gartrefol yn fy fflat i ac yfed y peth cyntaf a welsoch!'

'Roeddwn i'n aros amdanoch chi.' Gwthiodd ei fysedd drwy'i wallt. 'Dyna'r unig beth oedd gennych i'w yfed.'

'Pam oeddech chi'n aros amdanaf i? Pam na fasech chi'n mynd adre?'

Edrychodd arni'n syn. Nid oedd yr un ferch erioed wedi gofyn y fath gwestiwn iddo o'r blaen. 'Roeddwn eisiau ymddiheuro i chi — am yr hyn ddigwyddodd ddoe,' meddai'n aneglur.

Crensiodd Ceri ei dannedd. 'Anghofiwch y peth, Mr Dyrnwal. Llithriad anffodus ar fy rhan i oedd o. Wneith o ddim digwydd eto, gellwch fod yn sicr o hynny.'

Syllodd arni. 'Ond mi fu bron iawn iddo ddigwydd eto! Breuddwydio oeddwn i — neu beth?' Ysgydwodd ei ben a golchi ei wyneb â'i ddwylo cyn edrych arni. 'Roeddech chi'n teimlo'n fendigedig yn fy mreichiau i — mor naturiol, fel pe baech yn perthyn yno...'

Bu bron iddi riddfan mewn anobaith.

'Ble'r oeddech chi neithiwr?'

'Rydym ni wedi bod drwy'r rigmarôl hwn o'r blaen. Ydych chi'n teimlo'n well rŵan?'

'Rydw i'n teimlo fel pe bai lorri fawr wedi rhedeg drosta i. Faint ydi hi o'r gloch?' Ceisiodd edrych ar ei oriawr.

'Mae hi'n hanner awr wedi saith. Os ydych chi'n teimlo'n well, mi hoffwn i fynd.' Cychwynnodd am y drws ond crafangodd amdani a gafael yng ngodre'i gwisg. 'Ddaru chi ddim ateb fy nghwestiwn i.'

'Do — mae hi'n hanner awr wedi saith.'

'Nage! Y cwestiwn cyn hwnnw!' Rhegodd dan ei wynt. 'Y cwestiwn ydych chi'n benderfynol o'i anwybyddu. Ble oeddech chi neithiwr? Pryd ddaru chi gyrraedd adre? *Fuoch* chi adre?' Cyhuddodd hi â'i lygaid blinedig.

'Pwy ydych chi'n feddwl ydych chi? Rhyw dad o oes Fictoria? Does dim rhaid i mi egluro dim byd i chi.' Teimlai Ceri ei hun yn suddo i ddyfroedd dyfnion...

'O! Roeddwn i'n amau! Fuoch chi ddim adre!'

Cododd ei phen yn ddewr ac edrych i fyw ei lygaid. Allai hi ddim arbed y gwrid oedd yn fflachio i'w gruddiau. Ond gallai o leiaf roi taw arno.

'Ydych chi'n meddwl mai chi yw'r unig un sydd yn mwynhau bywyd cyffrous? Tydio ddim o'ch busnes chi i ble rydw i'n mynd nac efo pwy rydw i'n cysgu. Esgusodwch fi, mae'n rhaid i mi fynd — mae hi'n hwyr glas.'

Clywodd ei anadl yn crafu'i wddf a'i weld yn rhwbio'i wyneb â'i ddwylo crynedig. 'Pam, Paragon? I beth mae eisiau'r holl ddirgelwch gwirion yma?' Gorfododd Ceri ei hun i wenu'n rhewllyd. Ni allai ei brifo mwyach. 'Nos dawch, Mr Dyrnwal.'

Edrychai'n well trannoeth, yn fwy fel ef ei hun, ond daethai rhyw newid anniffiniadwy i'w perthynas â'i gilydd. Wrth aros iddo gychwyn y dasg foreol o baratoi llythyrau, edrychodd arni'n dawel yn hytrach na rhythu yn ôl ei arfer. Ni allai ddychmygu beth oedd yn mynd drwy'i feddwl ond câi drafferth i anadlu'n rhwydd a theimlai lwmp yn ei thagu. Crwydrodd ei lygaid drosti a phan ddechreuodd siarad gobeithiai Ceri na wyddai fod ei thu mewn yn corddi ac na sylwai ar y cryndod yn ei llaw.

Roedd ei lais yn hudolus a rhaid oedd iddi reoli ei theimladau yn haearnaidd i geisio rhoi ei meddwl ar waith. Ond crwydro wnâi ei meddwl. Daliai i glywed y llais synhwyrus yn sisial: 'Rwyf wedi breuddwydio cymaint amdanoch chi...'

'Ceri,' clywodd ef yn murmur wrth estyn ffeil iddi. Aeth munud llawn heibio cyn iddi sylweddoli ei fod wedi tawelu. Gwridodd yn wyllt a neidiodd ar ei thraed. Pan gymerodd y ffeil oddi arno cyffyrddodd ei fysedd ei llaw yn ddamweiniol a neidiodd yn ôl fel pe wedi'i serio.

'Dyna'r cyfan ar hyn o bryd,' meddai a'i wefusau'n caledu. 'Cewch fynd rŵan.'

Dychwelodd Ceri i'w swyddfa gan alw'i hun yn bob enw dan haul.

Fel yr oedd ar fin eistedd wrth ei desg agorodd y drws a cherddodd glaslanc i mewn yn cario blwch hir a rhuban coch amdano.

'Blodau i Miss Ceridwen Prydderch,' meddai'n wên i gyd.

Edrychodd hithau arno a theimlai ei thymer yn codi. 'Ewch â nhw oddi yma'r munud 'ma,' arthiodd ar y llanc druan.

Diflannodd y wên lawen oddi ar ei wyneb. 'Ydych chi'n eu gwrthod nhw?' meddai'n syn.

'Yn hollol: ydw.' Safodd y tu ôl i'w desg, ei dyrnau'n cau, ei hwyneb fel carreg.

'Ond — tydi hyn erioed wedi digwydd i mi o'r blaen. Plîs, miss, mae'n rhaid i chi'u cymryd nhw. Beth wna i â nhw?'

Teimlai fel dweud wrtho am eu stwffio nhw i lawr corn gwddf Bedwyr Dyrnwal — ac wedyn byddai hi a'r llencyn yn colli eu gwaith. Sut oedd o'n meiddio'i thrin hi fel pe bai hi'n un o'i gariadon bondigrybwyll?

'Ewch â nhw adre — rhowch nhw i'ch mam — neu i'ch cariad — neu taflwch nhw i'r domen ludw. Does dim ots gen i beth wnewch chi efo nhw!' meddai'n finiog, 'ond does arna i mo'u heisiau nhw.'

'Ond miss — ' gwthiodd ei gap ar ei gorun a chrafu'i ben mewn dryswch. 'Tydi hyn *erioed* wedi digwydd i mi o'r blaen!'

Gwthiodd y blwch yn ôl i'w freichiau. 'Ewch â nhw adre,' meddai'n hallt. 'Ddowch chi ddim i helynt. Rwyf yn eu rhoi i chi.'

'Ond mi ddylech chi eu gweld nhw gyntaf. Maen nhw'n fendigedig! Maen nhw'n...'

'Na! Ewch!' Roedd ar fin sgrechian. Doedd ganddi ddim diddordeb mewn gweld pa liw rhosod oedd yn y blwch. O! Roedd ganddo wyneb yn meddwl y buasai hi'n eu derbyn. 'Ewch, os gwelwch yn dda, i ffwrdd â chi.'

Wedi i'r bachgen fynd dan fwmian dan ei wynt, taflodd Ceri ei dwylo dros ei hwyneb a syrthio'n glwt i'w chadair i syllu drwy'r ffenest. Byddai'n cael llawer o gysur wrth edrych ar y coed deiliog y tu allan a'u pennau yn y gwynt ac roedd yr heulwen yn fodd i dawelu ei meddyliau cythryblus. Sut y meiddiai'r dyn yna ei thrin fel hyn? Roedd o'n chwarae ar ei theimladau fel cath hefo llygoden. Ond châi o ddim buddugoliaeth — o na!

Pan siglodd ei chadair yn ôl i wynebu'r ddesg fe'i gwelodd yn sefyll yn nrws ei swyddfa, yn fud, yn sarrug, yn ddrwg ei hwyl.

'Peidiwch byth â gwneud dim byd fel yna byth eto, Mr Dyrnwal,' meddai'n bwyllog gan deimlo rhyw dangnefedd boddhaol yn llenwi'i chorff. 'Fedrwch chi ddim fy nhrin i fel gweddill eich harem a cheisio fy rhwydo â thusw o rosod.'

'Beth sy'n gwneud i chi feddwl mai fi anfonodd nhw?' arthiodd arni, ei wefusau'n welw. 'A sut y gwyddoch chi mai rhosod oedden nhw? A phwy ddiawl fyddai eisiau eich rhwydo *chi?*'

'O rydw i'n nabod eich triciau chi,' saethodd hithau'n ôl, 'ond tydyn nhw ddim yn gweithio hefo fi.'

'A! roeddwn i wedi anghofio! Paragon ydych chi, wrth gwrs! Nid yw rhosod yn ddigon da i chi. Maen nhw'n rhy gyffredin!' Cerddodd at ei desg a gwyro drosti.

'Beth sydd raid i mi wneud i doddi'r galon rew yna sy'n curo mor egwan yn eich mynwes?'

'Wyddoch chi ddim?' Roedd ei llais fel finegr. 'Does gan baragon 'run galon.'

Ymsythodd Bedwyr fel pe bai wedi'i daro. Yna dechreuodd chwerthin. Chwarddodd yn hir a chras. 'Rhaid i mi gofio hynny!'

Pennod 4

Roedd hi'n ddeg o'r gloch y noson honno cyn y medrodd Ceri feddwl am ymlacio. Roedd hi wedi cael trafferth hefo Robin oedd yn anarferol o flin. Llwyddodd i'w gael i gysgu o'r diwedd a llithrodd yn foethus i faddon poeth. Fel yr oedd yn ymestyn am y sebon gydag ochenaid o ryddhad, canodd cloch y drws. Caeodd ei llygaid mewn rhwystredigaeth. Aethai popeth o chwith heddiw. Ei hymateb cyntaf oedd anwybyddu'r gloch — ond roedd yr ymwelydd, pwy bynnag oedd, yn dechrau colli amynedd ac yn cadw'i fys ar y gloch. Byddai'n siŵr o ddeffro Robin...

'Olreit, rwy'n dod,' meddai'n flin gan neidio i mewn i'w gŵn-wisgo'n hanner gwlyb. Roedd ei chroen yn binc a thyner ar ôl y dŵr poeth a'i gwallt yn fframio'i hwyneb. Agorodd gil y drws. Lledodd ei llygaid mewn sioc wrth weld pwy oedd yno. Ceisiodd gau'r drws yn ei wyneb.

'Arhoswch funud,' meddai Bedwyr.

'Tydi Meg ddim yma. Mae hi'n hwyr a minnau ar fin mynd i 'ngwely.' Roedd ei llais fel rhewynt.

Gwthiodd yntau'i droed rhwng y drws a'r rhiniog. 'Does arna i ddim eisiau gweld Meg. Mae'n rhaid i mi gael gair efo chi, Ceri.'

'Arhoswch tan fory.'

'Na, mae'n rhaid i mi gael gair rŵan. Os gwelwch yn dda, agorwch y drws i mi.'

Gwyddai Ceri y byddai'n beryglus gadael iddo ddod i mewn. 'Mae gen i ffôn, Mr Dyrnwal. Doedd dim angen i chi ddod yma'n un swydd.'

Edrychodd dros ei ysgwydd. 'Byddai'n well gen i beidio trafod hyn ar y ffôn nac ar y rhiniog chwaith 'ran hynny. Wna i ddim aros yn hir, rwy'n addo.'

Gwyddai ei fod yn disgwyl iddi ildio — ond doedd dim yn mennu. 'Dwyf i ddim wedi gwisgo'n addas i dderbyn ymwelwyr,' meddai'n flin gan sylwi ei fod ef, yn ôl ei arfer, yn berffaith drwsiadus yn ei siaced ysgafn a'i siwmper wen.

'Nid dyma'r tro cyntaf i mi eich gweld yn eich gŵn-wisgo. Ydych chi'n cofio'r tro cyntaf inni weld ein gilydd?'

Aeth cwmwl o boen drwyddi. Ceisiodd gau'r drws ond gwthiodd flaen ei droed i'w rhwystro. 'Ceri, os gwelwch yn dda!'

Sylweddolodd nad oedd modd iddi ennill y frwydr. Roedd Robin yn cysgu'n drwm. Mae'n siŵr nad oedd perygl — am funud neu ddau.

Camodd yn ôl yn wylaidd. 'Reit, Mr Dyrnwal. Mi gewch bum munud. Yr un fath â'r tro cyntaf. Beth sydd gennych ar eich meddwl?'

Caeodd y drws yn ofalus a safodd i edrych arni. Sylwodd ar ei gŵn-wisgo drwchus, ei gwallt dryslyd a bysedd ei thraed noeth fel perlau ar y carped. Safai ag un llaw y tu ôl i'w gefn. 'Rwyf am ofyn ffafr. Mi hoffwn gychwyn eto gan obeithio y medraf wneud pethau'n iawn yr eildro.'

Agorodd ei gwefusau. Nid oedd wedi disgwyl ei glywed yn siarad mor ymddiheurol. Cuchiodd arno'n amheus gan gydio'n dynn yn llabedi ei gŵn-wisgo. 'Fentrodd hi ddim dweud gair.

'Dwyf i erioed wedi cyfarfod neb tebyg i chi o'r blaen,' sibrydodd. 'Dim ots pa mor afresymol wyf yn y swyddfa, rydych yn hollol ddigynnwrf. Mae eich gwaith yn wych. Rydych yn medru gweld camgymeriadau a'u cywiro heb gwyno nac ochain na dweud dim wrth neb. Rwyf newydd sylweddoli bod gen i rywbeth sydd yn werth y byd — ac nid wyf am eich colli.' Estynnodd flwch sgwâr o'r tu ôl i'w gefn a'i roi iddi gyda dwylo crynedig. 'Mi hoffwn i chi dderbyn hwn. Rwy'n ei roi yn garedig ac fe hoffwn pe baech yn ei dderbyn yn yr un ysbryd.'

Aeth y gwynt o'i hwyliau. Pe bai'n ymddwyn yn haerllug neu sarrug byddai'n gwybod yn union sut i'w drin. Doedd hi ddim yn 'nabod y person gostyngedig hwn! Edrychodd arno'n anesmwyth: ai actio oedd o? Doedd y tawelwch clên hwn ddim yn gweddu iddo ac nid oedd am gael ei thwyllo ganddo. 'Does dim angen y perfformiad hwn, Mr Dyrnwal. Rydych yn talu cyflog da i mi ac mi rydw i'n mwynhau'r sialens o fod yn ysgrifenyddes i chi. Wnaf i ddim ymddiswyddo, peidiwch â phryderu am hynny.'

'Ond mi *rydw* i'n pryderu! Pwy ond chi fyddai wedi edrych ar f'ôl i pan oeddwn i'n sâl? Ac fe sylwais eich bod wedi bod yn ddigon atebol i redeg y busnes yn gwbl esmwyth hebof i o gwbl! O do! Mi ddywedodd Alcwyn Morys wrthyf fod pawb wedi bod yn eich plagio — wydden' nhw ddim 'mod i yn fy swyddfa — ond wnaethoch chi ddim mynd i banic. Rwyf yn hollol ddibynnol arnoch chi, Ceri. Ac yn ddyledus iawn i chi hefyd. Os gwelwch yn dda...' Gwthiodd y blwch i'w breichiau.

Gwridodd Ceri'n ysgarlad — ond nid oedd yn rhoi unrhyw goel arno. Er hynny roedd ei chwilfrydedd yn ei hysu ac agorodd y blwch. Aeth ias drwyddi pan welodd y tusw bychan o fioledau cynnes, llaith. Teimlai ei stumog yn troi. Nid y rhosod erchyll oedd yno! 'Mr Dyrn...'

'Peidiwch â'u gwrthod nhw. Gobeithio eich bod yn hoffi fioledau? Maen nhw'n f'atgoffa ohonoch chi.'

Agorodd ei llygaid mewn penbleth. Trodd Bedwyr ar ei sawdl a cherdded tua'r drws. 'Nos dawch, Ceri,' meddai'n dawel.

'Nos dawch, Mr Dyrn...'

Torrwyd ar ei thraws gan sŵn peswch cas. Clywyd Robin yn crio ac yn ymladd am ei anadl.

'Ydy'ch mab chi'n wael?' gofynnodd a'i law ar ddwrn y drws.

'Broncheitus,' meddai'n frysiog. 'Mae'n cael pwl bob hyn a hyn.'

'Oni ddylech chi fynd ato?'

'Wrth gwrs.' Ar ôl cael gwared arnat ti ngwas i, meddyliodd yn wyllt, gan wenu i geisio cuddio'i braw.

Bu bron iddi ei wthio drwy'r drws a rhedodd i'r llofft a'r blwch fioledau yn ei llaw. Gosododd ef ar y bwrdd a chodi Robin o'i grud yn garuaidd a cheisio lleddfu ei anadlu llafurus. 'Paid â dychryn, cariad. Mi fyddi di'n iawn mewn munud.' Treuliodd chwarter awr yn ei dawelu a phan ddaeth ato'i hun gosododd ef yn ei wely. Ac yna safodd yn stond.

Roedd Bedwyr yn sefyll yn y drws yn ei gwylio.

'O'r nefoedd, dyma'r diwedd!' meddyliodd a theimlodd gyhyrau ei gwar yn tynhau. Safodd fel delw i ddisgwyl y storm oedd yn sicr o dorri wrth iddo adnabod ei nai.

Ond ddigwyddodd dim.

Safodd Bedwyr wrth y crud yn syllu ar y plentyn ond y cyfan a ddywedodd oedd: 'Ydi o'n well rŵan?' Amneidiodd hithau'n fud.

'Mi wyddwn nad oedd arnoch eisiau i mi aros — ond roedd y creadur bach yn swnio mor wael. Roeddwn yn meddwl y byddai arnoch eisiau help — i fynd â fo i'r ysbyty neu rywbeth.' Edrychodd i lawr ar y baban. 'Mi roddaist ti fraw i dy fam, y coblyn bach!' meddai'n dyner gan estyn ei law i anwylo'r gwallt tywyll. Yr un lliw â'i wallt ef ei hun.

Ond ni sylwodd.

'Ydych chi'n teimlo'n iawn?' meddai wrth Ceri pan sylwodd ar ei hwyneb gwelw. Doedd o ddim wedi nabod ei nai! Roedd hi wedi bod yn pryderu'n ofer. Syllodd ar wyneb Robin oedd yn llithro i freichiau cwsg, ei anadlu'n rhwyddach, a bu bron iddi â sgrechian ei rhyddhad.

'Rydych chi fel y galchen, Ceri. Mi gawsoch fraw.' Rhoddodd ei fraich am ei hysgwydd a'i harwain yn dyner allan o'r stafell.

'Dowch i eistedd,' meddai'n garedig. 'Mi wn y byddai'n well gennych fy ngweld yn mynd — ond alla i estyn rhywbeth i chi?' Edrychai mor bryderus. 'Mae'n debyg nad oes yma ddim i'w yfed heblaw'r gwenwyn gefais i'r noson o'r blaen.'

'Paned o de. Cryf,' llwyddodd Ceri i sibrwd. Roedd ei llygaid mawr yn edrych drwyddo. Doedd o ddim wedi nabod Robin! Roedd gan y plentyn lygaid mawr llwydlas, gwallt fel y frân a phant yn ei ên — yn union 'run fath â Bedwyr. Ond doedd o ddim wedi sylwi! Ceisiodd ddod ati ei hun. 'Mi wnaf i baned o de. Y... hoffech chi baned? Neu goffi efallai?'

'Diolch yn fawr. Mi fyddai coffi'n dderbyniol iawn. Ond mi wnaf i baned i chi...'

'Na, wir, rydw i'n iawn.'

Anwybyddodd hi. Roedd eisoes wedi mynd i'r gegin a gallai ei glywed yn chwilota yn y cypyrddau.

Ni allai gredu ei lwc. Pe bai wedi sylweddoli pwy oedd Robin mi fuasai wedi dweud rhywbeth, debyg? Neu fradychu rhyw fath o sioc? Ond nid oedd dim yn ei lygaid llwydlas heblaw cydymdeimlad a thynerwch. Suddodd Ceri i ddyfnderoedd meddal y soffa mewn rhyddhad. Pan ddaeth yntau o'r gegin gyda dwy baned boeth a'u rhoi ar fwrdd bychan wrth ei phenelin, llwyddodd i wenu arno.

'Dyna welliant,' gwenodd yntau. 'Rydych yn edrych yn well erbyn hyn. Ydy hyn yn digwydd yn aml?'

Siglodd ei phen. 'Dim ond yn achlysurol. Rydw

i'n gobeithio y tyfith o allan o'r hen byliau drwg yna.'

'Da iawn. Mi gafodd fy mam lawer o helynt hefo Peredur pan oedd o'n fychan. Roedd y meddygon yn credu mai'r fogfa oedd arno, ond erbyn archwilio'n drylwyr roedd o'n dioddef o bob math o alergedd. Mae'n debyg i Peredur sôn am hynny wrthych chi?'

'Naddo.' Yfodd ei the rhag iddo weld y gwrid poenus ar ei gruddiau. 'Roedd Peredur yn fwy o ffrind i Meg nag i mi. Diolch i chi am aros,' meddai'n ddistaw gan geisio dyfalu sut i droi'r stori. 'Ac — mae'r fioledau'n fendigedig. Sut oeddech chi'n gwybod mod i'n gwirioni arnyn nhw?'

Gwenodd Bedwyr. 'Ddaru chi ddim hyd yn oed edrych ar fy rhosod i. Efallai eich bod chi'n cymryd arnoch fod yn wraig annibynnol ond merch fach hen ffasiwn iawn sy'n cuddio y tu ôl i'r mwgwd yna. Fyddai merch oer a dideimlad byth wedi mynnu cadw'r babi yna. Mi fyddai wedi mynnu erthyliad ac anghofio popeth...'

Tagodd Ceri. 'Fedrwn i ddim breuddwydio am wneud y fath beth!'

'Rydw i'n falch o glywed. Mae o'n blentyn hardd dros ben.'

Gwlychodd ei gwefusau'n nerfus. Rhaid oedd newid y pwnc... Roedd o'n ddigon peniog i lusgo'r gwir allan ohoni. 'Welsoch chi Meg heno? Ydy hi'n hapus yn ei fflat newydd? Roeddwn wedi gobeithio cael sgwrs â hi ond dyw'r ffôn ddim wedi'i chysylltu eto.' Gwyddai ei bod yn brygawthan ond rhaid oedd troi'r stori.

Yfodd ei goffi i'r gwaelod ac yna plygodd ar ei thraws i osod y cwpan ar y bwrdd. 'Na, welais i mo Meg.' Arhosodd yn ei gwman a syllu i'w hwyneb poeth. 'Wyddoch chi, sylwais i ddim o'r blaen — ond does yna ddim ym mhen Meg. Merched felly sydd wedi mynd â mryd i hyd yn hyn. Ond mi rydych chi'n wahanol.'

Gwthiodd Ceri ei hun yn ôl yn ddwfn i glydwch y clustogau. 'Chefais i mo 'mreintio â wyneb tlws — ond mi fu Natur yn ddigon caredig — rhoddodd dipyn o synnwyr cyffredin yn fy mhen i.'

'Pwy ddywedodd wrthych nad oes gennych wyneb tlws?' Roedd ei lais yn floesg wrth bwyso i'w chyfeiriad.

'Dyna ddigon!' Torrodd ei llais ar ei draws fel cyllell, ei hwyneb fel taran. 'Beth sydd arnoch ei eisiau tybed?'

Ni symudodd heblaw am godi ei ddwy law nes eu bod o fewn ychydig fodfeddi i'w hysgwyddau. 'Beth ydych yn feddwl sydd arna i eisiau?'

'O! Rydw i'n nabod gweniaith. Waeth i chi heb — dwyf i ddim yn dlws. Rydw i'n hollol blaen. Pam coegio? Rydych wedi rhoi blodau i mi. Rydych wedi bod yn du hwnt o garedig. Wedi gwenu arnaf, fy swyno, fy hudo. Beth nesa?'

'Cynnig eich priodi. Beth arall?' meddai'n fyr, wedi'i bigo. 'Wnewch chi fy mhriodi fi, Ceri?'

Syllodd arno am eiliad hir yn astudio'i wyneb. 'Wel! Dyna'i diwedd hi!' ebychodd gan neidio ar ei thraed a rhoi hergwd iddo. Safodd fel colofn o farmor o'i flaen. 'Ewch allan o 'nghartre i'r munud yma neu mi alwaf yr heddlu a chwyno wrthyn nhw eich bod chi'n aflonyddu arnaf i.'

Cododd yntau ei aeliau fel dwy adain o barddu. 'Nid dyna'r ateb oeddwn i'n ei ddisgwyl...'

'Nage mae'n siŵr. Roeddech yn disgwyl i mi daflu fy hun wrth eich traed a diolch i Dduw fod dyn mor olygus â chi wedi sylwi arnaf i! Rydych yn chwarae rhyw gêm ddieflig efo fi!'

'Byddwch ddistaw am funud, neno'r annwyl, i mi gael esbonio,' gwaeddodd Bedwyr yn dymherus.

Rhoddodd ei ddwylo yn ei boced a siglo ar ei sodlau. 'Rydw i'n sylweddoli bod hyn yn sioc i chi. Fy mwriad oedd eich denu chi'n raddol bach, rhosod a siampên a chiniawa yng ngolau cannwyll ac ati — cyn mentro gofyn i chi. Ond wrth eich gweld chi mor annwyl hefo'r plentyn bach yna, mi gollais fy mhen.' Roedd ei lygaid fel cols yn ei ben. 'Ond, wrth gwrs, rydych chi mor benstiff! Nid â moethau mae'ch ennill chi.'

'Gwir bob gair.' Roedd ei llais fel ellyn.

'Felly mi benderfynais daro'r haearn pan oedd yn boeth a'ch dal chi ar funud wan. Mae angen gwraig arna i. Ac y mae hi'n hollol amlwg bod angen gŵr arnoch chi.'

'Alla i ddim credu fy nghlustiau!' poerodd Ceri ei chynddaredd. 'I beth mae angen gŵr arna i?'

'I'ch helpu i ofalu am eich mab, siŵr iawn.'

'Rydw i wedi llwyddo heb eich help chi hyd yn hyn, diolch.' Cerddodd at y drws mewn breuddwyd a'i agor led y pen. 'Cerwch, Mr Dyrnwal! Ac anghofiwch bopeth am y sgwrs chwerthinllyd yma.'

'Dwyf i ddim yn mynd,' meddai yntau'n benderfynol gan gamu heibio iddi a chau'r drws yn glep nes oedd y tŷ'n gwegian. 'Dwyf i ddim wedi cael dweud fy nweud.'

'Tydwi ddim eisiau clywed.'

'Ond mi rydych chi'n mynd i glywed!' Gafaelodd yn ei hysgwydd.

Cododd hithau ei llaw i'w daro ond wrth wneud fe agorodd ei gŵn-wisgo. Ceisiodd dynnu'r godrau at ei gilydd ond fe'i rhwystrodd a safodd hithau'n barlys o gywilydd. Fflachiodd ei lygaid gyda rhyw wawr anesboniadwy.

Gwelodd ei lygaid nwydus yn astudio'i chorff gosgeiddig o dan y wisg a theimlai fel syrthio'n bentwr o wewyr i'r llawr. Tynhaodd ei holl ewynnau wrth deimlo'i law'n llithro dan y wisg ac yn anwylo'i chorff.

Am un eiliad dragwyddol teimlodd ei hanadl yn diflannu ac yna llanwyd hi â braw ac arswyd. Teimlai ei hun yn cael ei thynnu ato, ei freichiau amdani, cynhesrwydd ei siwmper yn erbyn ei chnawd. Roedd ei fysedd yn cyffwrdd ei gwddf yn ysgafn, ei wefusau arni cyn ysgafned â'r gwawn, yn anadlu ar ei grudd a theimlai ei bod ar fin llesmeirio dan angerdd y teimladau a fyrlymai drwyddi.

Rhaid oedd ymladd yn ei erbyn. Ond nid eiddo merch mo'i hewyllys ac yr oedd ei chorff yn gwrthod ymateb i sibrydion ei chydwybod.

Ni ddylai hyn ddigwydd, meddai llais ei meddwl. *Beth ar y ddaear ddaeth drosot ti? Mi fyddi'n edifar!*

Ond pam na wnei di fwynhau dy hun am funud neu ddau, meddai'i chorff. *Ni ddigwyddodd hyn erioed o'r blaen — ac mae'n siŵr na ddigwyddith o byth eto chwaith. Manteisia ar dy gyfle...*

Caeodd ei llygaid a theimlo'i choesau'n rhoi o tani. Roedd yn hofran yn y gofod, yn hedfan drwy'r awyr gynnes, a'r breichiau cadarn yn ei chynnal. Ei phen yn troi, ei chalon yn curo fel aderyn bach mewn cawell. Nid oedd erioed wedi bod mor ymwybodol o unrhyw ddyn — cryfder gwrywaidd ei freichiau, meddalwch sidanaidd ei wallt, cynhesrwydd ei groen. Teimlai ei hun yn ymdoddi ac yn mynd yn rhan o'i gorff ef. Ai dyma fyddai Meg yn ei deimlo tybed? Os felly, gallai ddeall o'r diwedd yr holl angerdd nwydus oedd yn gyfrifol am y plentyn bach yn y stafell nesaf. Roedd hi wedi dychmygu lawer gwaith — erbyn hyn roedd yn deall.

Ceisiodd sadio a chanolbwyntio ei llygaid ar Bedwyr a theimlodd wres tanbaid yn llifo drwy'i chorff o fysedd ei thraed i fôn ei gwallt. Gorweddai ar y soffa, yn hanner orwedd dros Bedwyr, ac nid oedd ganddi unrhyw syniad sut y daeth i fod yn y sefyllfa honno. Yn sydyn sylweddolodd beth oedd yn digwydd a neidiodd ar ei thraed, ei choesau'n crynu fel dail. Gwisgodd ei gwregys am ei gŵn yn sigledig.

Mewn distawrwydd huawdl bu'r ddau'n syllu ar ei gilydd am eiliad hir. 'Wel, Ceri, wnewch chi fy mhriodi fi?'

Wrth sylwi ar ei wallt aflêr a'i siaced wedi'i rhinclo aeth saeth o fraw drwy Ceri o sylweddoli mai hi oedd achos ei gynnwrf. Codai ei bron yn anterth ei theimladau a chorddai ei meddwl. Profiad hollol newydd oedd y cyffro hwn. Roedd sŵn fel clychau mân yn ei chlustiau ac am funud ni allai feddwl pwy oedd na chofio ble'r oedd hi.

'Mae yna ferch angerddol iawn yn cuddio dan yr holl rew yna,' meddai Bedwyr yn dyner gan nesáu ati. 'Roeddwn i'n hollol iawn. Mae arnaf eich eisiau'n wraig i mi. Fyddai bod yn wraig i mi ddim yn uffern ar y ddaear, rwy'n siŵr Ceri.'

Neidiodd hithau'n ôl mewn braw. 'Mae'n hollol wallgof.'

'Pam gwrthod? Fe deimlais ymateb eich corff.'

Ysgydwodd ei phen yn ddall. 'Alla i ddim. Mae'r syniad yn — wrthun. Ffolineb rhonc. Ydych chi o ddifri yn meddwl y buaswn i'n ddigon gwirion i dderbyn eich cynnig?' Ni allai ddioddef meddwl mai gwneud ffŵl ohoni yr oedd o.

Duodd ei wyneb yn ddicllon. 'Mae arna i angen gwraig.'

'Rwy'n siŵr y byddai Meg yn falch o'r cyfle. Neu Branwen. Neu Nerys...'

'*Chi* yw'r un i mi!' gwaeddodd arni'n ffyrnig. 'Pe bawn i eisiau Meg mi faswn wedi gofyn iddi. Chi yw'r unig un sy'n berchen yr holl rinweddau sydd eu hangen i fod yn wraig i mi.'

Syllodd arno, ei llygaid fel soseri glas. 'Rydych yn

swnio fel pe bawn i newydd fynd drwy gyfweliad llwyddiannus am y swydd.'

'Do, mewn ffordd o siarad. Mae arna i angen rhywun perffaith i fod yn wraig i mi. Rydych chi'n ferch ymarferol a doeth. Medrwch gadw eich pen mewn amgylchiadau anodd. Mi allech wneud unrhyw swydd yn effeithiol — yn hollol ddidrafferth.' Roedd tro gwawdlyd ar ei wefusau. 'Rydych yn ateb i weddi. Gallaf ddibynnu arnoch — rydych yn hunanfeddiannol, yn aeddfed.'

Syllodd Ceri arno'n syn. Hunan-feddiannol? Oni wyddai ei bod yn fwrlwm o gyffro dim ond iddo edrych arni?

'Rydw i'n sylweddoli eich bod chi wed bod drwy brofiad trychinebus gydag un dyn — wedi eich brifo — ac fod arnoch ofn dynion. Ond mi wnaech wraig ddelfrydol i mi.'

Roedd hyn yn hunllef! Aeth ias drwyddi wrth geisio dehongli beth oedd yn ei lygaid tanbaid. Ffrwydrodd ei hanadl allan a syrthiodd yn glwt gwan i'r gadair a'i chorff yn crynu. 'Mae'n ddrwg gen i, Mr Dyrnwal — ond fedra i ddim.'

'Rhowch un rheswm da dros wrthod.' Swniai'n gandryll.

'Merch hen-ffasiwn iawn wyf i — ydych chi ddim yn cofio? Mae angen cariad o fewn priodas. Ac ymddiriedaeth. Mae angen addewidion sydd i barhau am oes. Mae angen teimladau dyfnion — a'r rheiny'n tyfu o ddydd i ddydd...' Ymbalfalai Ceri am eiriau.

'Ai felly oeddech chi'n teimlo pan gawsoch chi'r babi yna?' Heriodd hi'n giaidd. 'Ble'r oedd y cariad a'r ymddiriedaeth a'r addewidion yr adeg honno?'

'Peidiwch â llusgo Robin i mewn i'r ddadl o hyd!'

'Na,' — daeth yn nes ati a phenliniodd o'i blaen gan edrych i fyw ei llygaid. 'Chi yw'r un i mi — ac rwy'n derbyn bod Robin yn rhan o'r fargen. Mae arnoch angen cymorth i'w fagu. Neu efallai eich bod yn aros nes bydd ei dad yn rhydd i'ch priodi?'

Llyncodd Ceri ei phoer mewn arswyd a syllu i'w wyneb i geisio dyfalu os oedd o'n gwybod gormod.

'Mi ddywedodd Meg mai gŵr priod oedd y tad ond na wyddai am fodolaeth y plentyn, ond chefais i ddim mwy o fanylion.' Gafaelodd yn ei llaw oer. 'Dim ots gen i am hynny, Ceri. Rhan o'r gorffennol ydi o. Hefo fi mae eich dyfodol chi. Os priodwch fi fe gewch fywyd esmwyth, cartref hardd a theulu all fod yn gymorth i chi fagu Robin...'

Prin yr anadlai Ceri. 'Fedrai i ddim gwerthu fy hun er mwyn cael bywyd moethus.'

Caledodd ei wyneb fel craig. Disgynnodd tawelwch llethol rhyngddynt. 'Beth yw eich pris chi te? Am faint ydych chi'n fodlon gwerthu eich hun? Rwy'n fodlon talu pris da.'

Ceisiodd Ceri ryddhau ei dwylo ond gafaelai ynddi fel gele. 'Does dim pris arnaf i!' llefodd. 'Rydw i'n wahanol i'ch cariadon chi. Pan fyddaf yn rhoi rhywbeth nid wyf yn disgwyl tâl. A phan fydd rhywun yn rhoi rhywbeth i mi ni fyddaf yn disgwyl gorfod talu amdano. Rydw i'n gweithio i chi, Mr Dyrnwal, ac yn cael cyflog teg am y gwaith. Dyna'r cyfan sydd rhyngom ni. Cymerwch eich blodau ac ewch adre.'

'Reit te. Dewch inni siarad busnes. Ar hyn o bryd rydw i'n talu i chi am fod yn ysgrifenyddes i mi. Os cytunwch i fod yn wraig i mi fe ddyblaf eich cyflog. A gellwch fentro y bydd rhaid i chi fod yn werth pob ceiniog.'

Methai Ceri â chredu ei chlustiau a rhythodd arno'n gegrwth. 'Mi rydych yn fodlon talu i mi am fod yn wraig i chi? Pam? Mae'n siŵr bod cryn hanner dwsin o ferched sydd bron â marw eisiau'r cyfle.'

'Ond nid y chi?'

Crychodd ei thalcen ac yr oedd ei llygaid glas yn llawn penbleth.

'Dwyf i ddim yn eich deall o gwbl. Mae gennych ddigon o gariadon hardd a fyddai'n barod i...'

'Ond — nid y chi!' meddai unwaith eto. 'Rydych chi'n wahanol i'r gweddill. Chi yw'r union ferch allai wneud gwraig addas i mi. Dim ond cymar gwely fyddai'r lleill...'

Teimlai Ceri ei hwyneb yn troi'n borffor chwyslyd a'i thu mewn yn crebachu. 'O rwy'n gweld. Mae arnoch eisiau rhywun fydd yn anweledig ac yn ufuddhau i bob gorchymyn, i'w chymryd yn ganiataol, i fod yn forwyn fach...'

Plygodd Bedwyr ei ben gan anwylo'i ddwylo mewn angerdd. Ni allai Ceri ddyfalu beth oedd ystyr yr olwg bell yn ei lygaid. Yna: 'Wel, faswn i ddim yn dweud y peth mor blwmp â hynny — ond ie — dyna'r fath o wraig sydd ei hangen arnaf. Rhyw fonws yn unig fyddai unrhyw fath o — y — angerdd yn ein perthynas. Ond fyddai dim rhaid i chi boeni am hynny, gallaf brynu hwnnw mewn mannau eraill. Ond mae arnaf angen rhywun i'm helpu — mae gwir angen arnaf — mae'n rhaid i mi gael rhywun i'm helpu i fagu fy mrodyr a chwiorydd. Chi yw'r unig un y gallaf ofyn iddi.'

Gollyngodd ei dwylo a theimlai hithau'r gwaed yn llifo drwy'i bysedd unwaith eto. Roedd y boen yn un real. Nid dychmygu'r sgwrs wirion hon yr oedd hi.

'Beth am i chi eistedd i lawr ac egluro'r sefyllfa i mi?' meddai o'r diwedd gan orfodi ei hun i wrando. Stori loerig fyddai ganddo ond waeth iddi ei chlywed. Disgwyliai ei glywed yn dweud mai jôc greulon oedd y cyfan. Doedd dynion golygus fel Bedwyr ddim yn dueddol o ofyn i ferched plaen fel hi eu priodi! Ond edrychai mor ddifrifol ac yr oedd ei wefusau'n las a lludded yn bryder o gwmpas ei lygaid.

Safodd am eiliad cyn disgyn yn ddiolchgar ar y soffa a chribinio'i wallt yn ffrwcslyd â'i fysedd. Edrychodd arni. 'Mi wyddoch mai fi yw'r hynaf o saith o blant?'

Na, ni wyddai.

'Rydw i'n dair ar ddeg ar hugain oed, Ceri. Peredur sydd nesaf — yn bump ar hugain. Wedyn mae Gwenhwyfar yn bedair ar bymtheg, Eiluned yn ddwy ar bymtheg, Cai sy'n bymtheg a'r efeillaid, Geraint a Gawain sy'n dair ar ddeg. Mi welwch bod fy rhieni wedi gwirioni ar straeon y Brenin Arthur pan enwyd ni i gyd!' Goleuodd gwên ei wyneb llwyd am eiliad. 'Bu farw 'nhad ddeng mlynedd yn ôl a gan mai fi yw'r hynaf, arnaf i y disgynnodd yr holl gyfrifoldeb am ddyfodol y teulu. Doedd gen i ddim dewis. A fûm i erioed yn edifar chwaith: maen nhw'n fwy fel plant i mi na brodyr a chwiorydd.'

Rhythodd Ceri arno ond ni ddywedodd air. Roedd hwn yn ddarlun hollol wahanol ohono, y gŵr cyfrifol yn gofalu am fuddiannau ei deulu — nid y congrinero oriog a welai pawb o'r tu allan. Oedd hi wedi'i gamfarnu tybed? Ond na! Beth am yr holl rosod yna a...

'Mae Mam ar fin ail-briodi,' meddai'n dawel. 'Mae ei darpar-ŵr yn rhedeg gwesty yn Sbaen ac mae hi wedi bod yn draed moch yn y tŷ acw ers wythnosau. Tydi'r plant ddim eisiau mynd i fyw i Sbaen — ac nid yw Jim yn fodlon gwerthu'r busnes. Rydym wedi gwneud ein gorau i'w berswadio i agor gwesty yng Nghymru — Duw a ŵyr mae digon o angen yma — ond tydio ddim yn teimlo fel ail-gychwyn mewn lle gwahanol. Fedra i mo'i feio fo mewn gwirionedd.

'Mae'r efeilliaid yn bygwth rhedeg i ffwrdd, Luned yn bygwth priodi'r dyn cyntaf ofynnith iddi, Cai yn chwilio am fflat a Gwenhwyfar ar ganol ei chwrs gradd ym Mangor. Allwn ni ddim gorfodi'r un ohonyn nhw i godi'u paciau a mynd i fyw i wlad arall hefo llys-dad newydd, a thorri eu cysylltiadau hefo popeth sy'n bwysig iddyn nhw — ffrindiau ac ati. Peredur yw'r unig un sydd allan ohoni, mae o a'i wraig rywle tua Mecsico ac yn gwybod dim am ein trafferthion.'

Roedd calon Ceri'n llawn tosturi ac eto gwyddai mai ffolineb fyddai dangos bod ei stori'n effeithio arni.

'Mae Mam druan mewn stâd ofnadwy ac yn bygwth troi Jim i lawr ac yn dweud na all aberthu ei phlant er mwyn ei hapusrwydd ei hun.' Gwelodd ei lygaid disglair yn ymbilio arni a cheisiodd Ceri galedu ei chalon. 'Yr unig beth ymarferol a doeth fyddai i mi gymryd gwraig a fyddai'n fodlon gofalu am fy nheulu. Mae Mam yn dweud ei bod yn hen bryd i mi briodi, beth bynnag.'

'Ond mi fyddai hynny'n eich caethiwo chi'n ofnadwy,' meddai Ceri'n gyfrwys.

Aeth cwmwl o ryddhad ar draws ei wyneb. 'Mi wyddwn y buasech yn deall. Mae arnaf angen rhywun i fod adre yn y min nosau ar ôl oriau gwaith, i fwrw Sul, pan mae'n rhaid i mi fynd i ffwrdd ar fusnes. Rhywun cyfrifol i lenwi'r bwlch ar ôl Mam.'

'Pam na chyflogwch chi howsgipar? Does dim rhaid i chi glymu eich hun â gwraig.'

'Mae gennym ni howsgipar — ond mae hi'n gwrthod yn bendant â bod yn gyfrifol am bump o blant yn eu harddegau. Mi ddywed bod ganddi lond ei dwylo fel y mae, yn cadw tŷ, heb orfod dofi pump o Indiaid gwylltion hefyd! Ond mi fedrech chi wneud. Rydych chi'n atebol ym mhob sefyllfa. Os priodwch fi, 'chawn i mo 'nghlymu o gwbl. Mi allwn i barhau i fwynhau bywyd — ond i mi fod yn ofalus wrth gwrs. Fynnwn i ddim eich gwaradwyddo chi. Fydd dim rhaid inni smalio ein bod mewn cariad ond mi wn y gallem fyw'n gytûn — fel hen bâr priod! Mi ofalaf eich bod chi a'ch mab yn cael unrhyw beth a fynnwch. Cewch dâl da am y gwaith. Dim ond i chi redeg fy nghartref gystal ag ydych wedi rhedeg fy swyddfa.'

Aeth ei hunanoldeb anhygoel â gwynt Ceri. Oedd o mewn difri'n credu y gallai hi gydfynd â'r fath gynllun gwallgof? Gadael iddo gael ei ben-rhyddid i wneud fel y mynnai? Onid oedd o'n sylweddoli bod ganddi hithau ei balchder, ei gobeithion, ei anghenion? Heb sôn am fab oedd yn digwydd bod yn nai iddo!

'Wnewch chi feddwl am y peth, o leiaf?' Clywodd yr eiriolaeth yn ei lais wrth iddo sylwi ar ei gwg.

'Does dim angen meddwl. Mae'n wir ddrwg gen i am eich trafferthion teuluol — ond na. Dyma'r cynnig hurtiaf a gefais erioed.'

'O? Faint o gynigion ydych chi wedi'u cael te?' Cododd ei ael yn wawdlyd.

Teimlodd hithau gaenen o rew yn ei hamgylchynu unwaith eto. Mi wyddai ef o'r gorau nad oedd neb erioed wedi gofyn am ei llaw mewn priodas, ond roedd ganddi hithau ei balchder. Pwy ŵyr, efallai y byddai rhywun yn syrthio mewn cariad â hi rhyw ddydd? Nid oedd yn amhosibl. Roedd gan bob merch ei gobeithion, hyd yn oed merched plaen, merched annibynnol, er na fynnent gyfaddef hynny. Ond doedd y math o fywyd yr oedd Bedwyr yn ei gynnig ddim yn ateb ei gobeithion.

'Mae'n ddrwg gen i — ond na yw'r ateb.' A rhaid peidio ag anghofio Meg — Meg, y chwaer yr oedd hi'n gyfrifol amdani, a chwaer oedd yn deisyfu cael Bedwyr iddi hi ei hun. Gallai ddychmygu ymateb Meg pe bai hi'n gwybod bod Bedwyr wedi cynnig...

'Peidiwch â gwrthod mor swta.' Cododd ar ei draed mewn un symudiad ystwyth gan edrych arni a rhyw wên chwareus ar ei wefusau lluniaidd. 'Rydw i wedi gwneud tipyn o 'smoneth o hyn heno, ond rydych chi'n ferch ymarferol — a chall. Cymerwch eich amser i bwyso a mesur fy nghynnig. Cofiwch beth fyddai'n ei olygu i'ch mab — cael ei arddel fel aelod o deulu'r Dyrnwal ac ennill parch yn sgîl hynny. Go brin y byddai unrhyw ddyn arall yn fodlon magu plentyn siawns a hynny heb ofyn gormod o gwestiynau.'

Aeth gwayw o boen drwy'i chorff. O pe gwyddai... 'Does dim angen amser i bwyso a mesur, Mr Dyrnwal. Na, na, na!'

'Meddyliwch dros y peth,' meddai'n dawel gan anwesu'i hwyneb yn garuaidd â'i fysedd synhwyrus. 'Rydych yn cael eich temtio, fy mharagon. Mae eich llygaid yn eich bradychu. Mi fyddaf ar eich meddwl ddydd a nos.'

Pennod 5

Roedd Bedwyr yn llygad ei le. Allai hi ddim meddwl am ddim byd heblaw ei gynnig gwrthun. Drwy'r dydd, bob dydd, roedd ei phen fel chwrligwgan yn trin y syniad. Gwallgof. Lloerig, meddai wrthi ei hun ganwaith. Y cynllun mwyaf sarhaus a glywodd erioed. Ac eto — ni allai anghofio.

Gwyddai Bedwyr hyn yn burion. Gwyliai hi'n dawel, yn wybodus, yn amyneddgar. Ni soniodd air, ni chrybwyllodd y peth, dim awgrym, dim cilwenu, dim sill. Ond gwyddai Ceri ei fod yn disgwyl ei gweld yn derbyn. Credai nad oedd ganddi ddewis. Châi hi byth well cynnig. Mae'n rhaid ei fod yn credu na allai hi wrthsefyll ei swyn a'i gyfoeth, ei deulu parchus a'i safle mewn cymdeithas. Ond nid oedd Bedwyr wedi sylweddoli un peth. Pan ddywedodd Ceri wrtho ei bod hi'n wahanol i'w holl ferched eraill — dywedodd galon y gwir.

Aeth wythnos heibio a hithau'n parhau'n gadarn ac urddasol. Penderfynodd Bedwyr newid ei dacteg.

Tua phump o'r gloch un pnawn glawog ddechrau Mehefin a Ceri'n tacluso'i desg ac yn gosod y mwgwd dros ei theipiadur clywodd lais petrus yn ei chyfarch o'r drws.

'Esgusodwch fi, ydi Bedwyr i mewn?'

Gwelodd ŵr ifanc, tal, yn cerdded tuag ati. Gwisgai bâr o jîns a chrys chwys ac yr oedd yn wlyb diferol. Roedd yn amlwg wedi'i ddal yn y glaw trwm ac yr oedd ei sgidiau canfas yn swnio fel buddai gnoc wrth iddo gerdded ar draws y carped. Ysgydwodd ei hun fel daeargi wedi cael trochfa gan dasgu diferion i bob cyfeiriad — gan gynnwys Ceri.

Un o frodyr Bedwyr oedd hwn heb amheuaeth.

Yr un llygaid myglas a'r wyneb golygus a'r pant yn ei ên — er ei fod yn deneuach na'i phennaeth ac yn fwy heglog. Heb orffen tyfu.

'Cai?' gofynnodd yn betrus.

Gwenodd yntau'n braf. 'A chi ydi Ceri, mae'n rhaid. Mae Bedwyr wedi sôn cymaint amdanoch chi. Ond rydych chi'n llawer pertach na...' Moesymgrymodd yn gwrtais ac yn sydyn camodd yn drwsgl tuag ati a phlannu cusan wlyb ar gefn ei llaw.

Gan mor sydyn ac annisgwyl oedd y weithred safodd Ceri'n fud gan fygu'r awydd i chwerthin dros yn lle. Llwyddodd i ffrwyno'i hun a chochodd at ei chlustiau.

Roedd yn amlwg ei fod yn ofni ei fod wedi'i chythruddo a chamodd yn ôl. 'Mi ddywedodd Bedwyr fod yn rhaid i mi fod yn gwrtais.' Safai gan symud o un goes i'r llall yn annifyr. 'Oeddwn i'n ddigon defosiynol?'

Teimlai Ceri'r chwerthin yn byrlymu o'i mewn a lledodd gwên fawr dros ei hwyneb. 'Oeddech yn berffaith. Dim ond rhyw ganrif ar ôl yr oes, mewn gwirionedd. Tydi dynion ddim yn cusanu dwylo merched y dyddiau hyn, wyddoch chi! Ac yn sicr tydyn nhw ddim i fod i figno llaid ar hyd y carped.'

'Bydd Bedwyr yn barod i'm lladd i,' meddai'n aneglur a'i wep yn disgyn. 'Roeddwn i fod i greu argraff dda arnoch chi er mwyn profi ein bod ni'n deulu neis. Beth pe tawn i'n mynd allan ac ailgychwyn y perfformiad?'

'Cymerwch air o gyngor, Cai,' meddai'n dyner gan wneud ei gorau glas i fygu'r chwerthin oedd yn bygwth ffrwydro. 'Y tro nesa, sychwch eich traed y tu allan ond, yn bwysicach na hynny, byddwch yn naturiol. Roeddech chi'n foesgar dros ben, ond ddim yn onest iawn.' Cododd ei llais er mwyn i'r clustiau yr ochr arall i'r drws gael ei chlywed. 'Rydym ni'r merched yn gwerthfawrogi rhywun sy'n ddiffuant ond medrwn synhwyro pan fydd rhywun yn ffugio bod yn gwrtais. Fedrwn ni ddim dioddef hynny. Mae Bedwyr yn ei swyddfa.' Estynnodd am ei chôt law a'i hambarel cyn ei adael gan chwerthin dan ei gwynt.

Ni soniwyd gair am yr achlysur fore trannoeth ond roedd rhywun wedi glanhau'r carped. Tybed a oedd Cai wedi cael pregeth gan ei frawd? Gobeithio nad oedd wedi cael gormod o bryd tafod. Edrychai'n fachgen hynaws gyda'i wyneb agored a'i wên heintus. Roedd yna rywbeth yn annwyl yn y ffordd y ceisiodd ei pherswadio ei fod yn llencyn moesgar.

Roedd Bedwyr mewn hwyliau da a bu Ceri'n brysur drwy'r dydd. Unwaith neu ddwy dywedodd pa mor dda yr oeddynt yn cyd-weithio ar waethaf eu gwahaniaeth barn. O fewn ychydig fisoedd roedd hi wedi dod i'w ddeall yn bur dda a gwyddai i'r dim sut i'w blesio. Byddai ffeiliau a llythyrau ar ei ddesg cyn iddo orfod gofyn amdanynt. Roedd yn ei gwerthfawrogi a dywedai hynny wrthi'n rheolaidd.

Wrth ei wynebu'r pnawn hwnnw a'i phensel yn ei llaw'n barod i gymryd nodiadau gallai synhwyro ei lygaid yn ei hoelio. Fflachiai rhyw oleuni rhyfedd ynddynt a gweddïai hithau nad oedd yn medru darllen ei meddwl. Ddywedwyd yr un gair ond teimlai wrid cynnes ar ei gruddiau. Gwyddai mai nid o fewn muriau'r swyddfa'n unig y medrent gyd-weithio mor berffaith.

Yn hwyrach yn y pnawn diflannodd y cymylau duon a daeth yr haul allan. Galwyd Bedwyr i adran yr ochr draw i'r adeilad i arolygu dyluniau i un o'u hysbysebion newydd.

Roedd angen mwy o ddeunydd swyddfa ar Ceri a manteisiodd ar y cyfle i mofyn peth o'r stordy. Cyrhaeddodd yn ôl a'i hafflau'n llawn o bapur a rhubanau a phinnau papur a chafodd drafferth i agor y drws. Gallai dyngu ei bod wedi gadael y drws yn llydan agored... Yn sydyn, bu bron iddi â neidio o'i chroen pan ruthrodd dau fachgen tuag ati.

'Gadewch i mi helpu!'

'Mae'n ormod o faich i chi!'

Cyn iddi allu dweud na gwneud dim ymaflodd y ddau yn y pentwr papurau. Dechreuodd un wthio pethau o ben y pentwr a'r llall yn cipio pethau o'r gwaelod. Gwthiwyd Ceri yn erbyn y wal a chollodd ei gafael. Cwympodd y cyfan gan chwalu i bob cyfeiriad.

Edrychodd yn syn ar y llanast ar y llawr ac yna ar y ddau bechadur. Gwelsant y syrffed ar ei hwyneb a'i cheg yn cau'n glep wrth iddi benderfynu dweud dim.

Efeilliaid oeddynt, yr un ffunud â'i gilydd, gwallt du fel y frân a llygaid mawr glaslwyd, y ddau'n syllu arni'n fud a chrynedig. Gwisgai'r ddau grys chwys o las llachar a'u llewys wedi'u torchi.

'Does dim rhaid i mi ofyn pwy ydych chi — Geraint a Gawain!' meddai o'r diwedd.

Gwenodd un yn swil: 'Fi ydi Geraint.' Ac ychwanegodd, 'A dyma fy mrawd Gawain. Rydym yn falch o'ch cyfarfod, Ceri. Mae Bedwyr wedi eich disgrifio i'r dim.'

Gafaelodd Gawain yn ei llaw a'i hysgwyd fel pe bai'n codi dŵr o bydew. 'Mae'n ddrwg gennym am y llanast. Fe'ch helpwn i'w glirio.'

'Paid â thynnu'i braich hi o'r bôn, y twpsyn!' meddai Geraint gan roi hergwd i'w frawd o'r ffordd gyda gwên ymddiheurol ar Ceri. 'Rhaid i chi faddau iddo fo: tydio ddim yn gwybod sut i fihafio.'

'O leiaf, wnes i ddim cusanu ei llaw hi!' heriodd Gawain.

Diflannodd dicter Ceri a theimlai bwl o chwerthin yn bygwth dod i'r wyneb. Tagodd. 'Mae'n bleser cyfarfod y ddau ohonoch o'r diwedd. Pam nad ewch i aros eich brawd yn y swyddfa? Mae o mewn cyfarfod ar hyn o bryd.' Meinhaodd ei llygaid. 'Neu efallai mai dod i 'ngweld i ddaru chi?'

Edrychodd y ddau ar ei gilydd yn euog. Ni allent edrych i fyw ei llygaid.

'O na! Digwydd bod yn y dre'n siopa a dyna ni'n meddwl tybed os oedd Bedwyr yn medru mynd â ni adre...'

Edrychodd hithau ar eu dwylo gweigion. 'Siopa aflwyddiannus mae'n amlwg.'

'Rhy fawr.'

'Ddim yn gweddu.'

Siaradodd y ddau ar unwaith ac edrych yn anniddig iawn wrth sylweddoli eu bod wedi gwneud dau esgus gwahanol.

Gawain ddaeth ato'i hun gyntaf. 'Roeddem ni eisiau prynu siacedi. Roedd un yn fy ffitio fi ond doeddwn i ddim yn hoffi'r lliw. Roedd Geraint yn hoffi'r lliw ond doedd hi ddim yn ffitio.'

Ceisiodd edrych arnynt yn ddifrifol er bod gwên yn sgleinio yn ei llygaid.

'Pam na fasech chi'n ei ffeirio nhw te? Mae efeilliaid i fod yr un faint â'i gilydd.'

Agorodd Geraint ei geg i geisio meddwl am ryw eglurhad arall ond taflodd Gawain olwg gas arno, gystal â dweud, 'Tydi hon ddim yn ffŵl'.

'Rydych wedi'n dal ni rŵan!' meddai gan ildio ar unwaith.

Aeth Ceri ar ei phedwar i ddechrau casglu'r papurau a chuddiodd ei hwyneb rhag iddynt weld y wên fawr oedd yn bygwth troi'n chwerthin aflywodraethus. Doedden nhw ddim cweit mor gyfrwys â Cai. 'Rhowch y rhain ar fy nesg i, os gwelwch yn dda, Geraint,' gan estyn bwndel iddo, 'a beth am i chi hel y pinnau at ei gilydd, Gawain?'

Wedi pentyrru popeth yn bendramwnwgl ar ei desg eisteddodd yn ei chadair gan amneidio arnynt hwythau i eistedd. Gogleisiwyd hi gan y ddau a gwyliodd nhw gyda gwên heulog yn aros iddynt hwy ddweud rhywbeth gyntaf.

Ceisiodd y ddau fod yn anweledig a'u pennau yn ei plu gan ddisgwyl clywed blas ei thafod. Ond yn y distawrwydd mentrodd Gawain godi'i ben a chiledrych arni drwy'i amrannau tywyll, er nad oedd dim edifeirwch yn ei lygaid chwaith. Roedd y ddau'n llawn direidi. Yna plethodd ei freichiau ac ymlacio yn y gadair a sylweddolodd Ceri ei fod yn barod amdani.

'Felly. Sut ydych chi'n mwynhau gweithio i 'mrawd?' meddai gan geisio ymddangos yn ddidaro. Gwenodd Ceri o glust i glust.

'Tipyn o her,' meddai'n dawel.

'Tydio ddim yn eich camdrin chi?'

'Ddim mwy nad y mae unrhyw bennaeth yn camdrin ei ysgrifenyddes.'

'Ydych chi'n cael digon o gyflog?'

'Hael iawn,' cyfaddefodd.

Crychodd ei ael o glywed hyn. 'Ydi hynny'n golygu nad ydych eisiau gweithio i neb arall?'

'O? Oes yna si 'mod i'n gadael te?'

'O nag oes,' torrodd Geraint ar ei draws yn frysiog. 'Nid dyna oedd o'n 'i feddwl. Mae Bedwyr wedi dweud y byddwch yn parhau i weithio yma ar ôl y briodas. Fedr o ddim rhedeg ei swyddfa heboch chi, medde fo. A mwy na hynny, mae o'n gwybod eich bod yn ferch annibynnol — hefo babi i'w fagu — felly tydio ddim yn disgwyl i chi aros adre i gael ei fabis o, yr un fath â gwraig normal — y — gyffredin...' Cloffodd a chrygodd ei lais yn ansicr pan welodd y gwrid yn tasgu i'w hwyneb.

'Wel! Dyna ti wedi rhoi dy droed ynddi rŵan!'

arthiodd Gawain yn benwan gyda'i frawd. 'Mi ddywedais wrthyt am gau dy hen geg fawr!' Trodd i wynebu Ceri yn barod i ail-ymosod ond cyn iddo yngan gair torrodd Geraint i mewn: 'Ceisio ennill ei chalon hi oeddwn i wrth ddweud nad oes rhaid iddi roi'r gorau i'w gwaith... Mae Luned wedi addo y gwneith hi warchod Robin. Doedd Bedwyr ddim yn siŵr os oedd o wedi gwneud hynny'n eglur i chi.'

Gwingodd Gawain. Yr oedd arno awydd rhoi clusten i'w frawd. Gan anwybyddu Ceri dechreuodd weiddi: 'Yr hurtyn. A ninnau wedi cynllunio i fod mor glyfar. Dim rhoi dy draed mawr ynddi wrth sôn am ei babi hi a pha mor annibynnol ydi hi a pethau felly! Mae'n rhaid i ti fod yn fwy cynnil. Ara deg mae dal iâr cofia! Beth sydd ar dy ben di? Mae Bedwyr yn gwybod sut i drin merched — sut na faset ti wedi dysgu rhywbeth a dilyn ei esiampl o?'

Cochodd Geraint yn anesmwyth gan roi pwt ciaidd i Gawain yn ei asennau i'w atgoffa bod Ceri'n gwrando'n astud. 'Ti ydi'r hurtyn,' meddai dan ei anadl. 'Oeddet ti ddim i fod i adael iddi wybod bod gan Bedwyr lawer o gariadon. Rwyt wedi gollwng y gath...'

Pallodd y taeru ac edrychodd y ddau arni'n llywaeth.

Wedi ennyd o dawelwch dywedodd Gawain yn edifeiriol, 'Mae'n ddrwg gen i. Rydym wedi gwneud cawl o bethau — yn union yr un fath â Cai ddoe.'

'Ddim o gwbl hogiau,' meddai Ceri gydag ochenaid. 'Rydw i'n nabod eich brawd yn rhy dda ac yn gwybod am yr holl ferched eraill sydd ganddo fo.' Bodiodd bentwr o bapurau ar ei desg. 'Dyma'r holl filiau o'r siop flodau am y cannoedd rhosod anfonwyd iddyn nhw i gyd y mis hwn.'

'Whiw!' Agorodd llygaid Gawain yn syn.

'Dim rhyfedd eich bod yn gwrthod ei briodi,'

meddai Geraint yn graff. 'Faint o gariadon sydd ganddo fo, gyda llaw?'

Cododd ei hysgwyddau. 'Gwastraff amser fyddai ei cyfri nhw. Maen nhw'n newid o wythnos i wythnos. Mi fyddaf yn anfon rhosod neu rodd, ac yn nodi'r galwadau ffôn. I mewn i un glust ac allan drwy'r llall.'

Aeth gwawl o boen ar draws wyneb Geraint a gwelodd Ceri fflach o dosturi yn ei lygaid. 'Paragon ydi'i enw fo arnoch chi. Mi welaf pam. Fyddai neb arall yn dygymod â fo.'

'Peidiwch â thwyllo eich hun. Mae yna lawer o ddynion yr un fath â fo.'

Ceisiodd gloriannu ei geiriau, siglodd ei ben a ph'ledu braich ei gadair. Pan siaradodd roedd ei lais yn ddicllon: 'Sut y medr o fod mor hunanol? Ddylai o ddim eich sarhau chi drwy ddisgwyl i chi ei briodi. Rydych yn llawer rhy dda iddo!' Neidiodd ar ei draed gan anadlu'n drwm. 'Tyrd, Gawain. Dwyf i ddim yn mynd i aros am Bedwyr.'

Edrychodd Gawain ar ei frawd ac ar Ceri bob yn ail, rhwng dau feddwl. 'Tydwi ddim yn deall...'

'Mi wna'i egluro i ti ar y ffordd adre,' meddai'n gwta. 'Da bo chi, Ceri. Bu'n bleser eich cyfarfod.'

Amneidiodd Ceri'n ofidus a brathu ei gwefus wrth eu gweld yn mynd. Aeth popeth o chwith rywsut — pawb yn cael ei frifo. Ni freuddwydiodd bod Geraint mor sensitif.

Tra'n clirio'i desg teimlodd ias sydyn o arswyd yn treiglo i lawr ei meingefn. Cododd ei phen ac edrych i fyw llygaid glaslwyd, llygaid milain llawn poen.

'Diolch, Paragon!' Poerodd y geiriau tuag ati cyn troi ar ei sawdl a rhuthro fel gafr ar daranau i mewn i'w swyddfa a rhoi clep atseiniol i'r drws.

Sylweddolodd Ceri bod Bedwyr wedi bod yn eistedd yn ei swyddfa drwy gydol yr amser ac wedi clywed pob gair. Beiai ei hun, er na wyddai pam. Wrth orffen tacluso teimlai'n hollol ddiymadferth a hesb o bob teimlad. Dylai fod wedi rhagweld hyn. Yn ddiegni a swrth teipiodd ddalen fer, ddiflewyn ar dafod.

Curodd yn ysgafn ar y drws ac aeth i mewn a sefyll fel delw o flaen ei ddesg.

Eisteddai Bedwyr fel pren wrth ei ddesg yn syllu'n ddall ar bentwr o bapurau yn ei law, ei wyneb hardd yn ddu gan dymer. Gosododd hithau'r ddalen deipiedig ar ben gweddill y papurau yn ei law.

Edrychodd o ddim arni. Ond wrth ddarllen ei nodyn gwgodd fwyfwy. Roedd y pellter rhyngddynt fel llen o haearn fel y safai Ceri'n disgwyl iddo ddweud rhywbeth.

O'r diwedd meddai'n gryg: 'Pam?'

'Does gen i ddim hawl i achosi rhwyg yn eich teulu chi, Mr Dyrnwal.'

'Rydw i'n gwrthod derbyn hwn.' Rhwygodd y darn papur yn dipiau a'i ddau lygad yn llosgi ei chnawd. 'Mi glywsoch beth ddywedodd fy mrodyr. Fedra i ddim rhedeg y lle 'ma heboch chi.'

'Twt! Gweniaith — i geisio fy rhwydo.'

'Wel, gwych!' ffrwydrodd. 'Ydych chi'n disgwyl cymeradwyaeth fyddarol am fod mor uffernol o ddoeth? Mae'n hen bryd i chi ddod i lawr o'r glwyd yna a gweld beth sy'n digwydd o dan eich trwyn. Mae Geraint wedi'i frifo. A *chi* ddaru'i frifo fo. Does gennych chi ddim hawl cerdded allan a disgwyl i mi wneud y gwaith budr o ddod â fo ato'i hun. Rhaid i chi aros — a rhaid i chi fy helpu i leddfu loes Geraint.' Nid cais oedd hwn, eithr gorchymyn.

Agorodd ei cheg a syllu arno, ei llygaid yn tanio. 'Nid fi barodd loes iddo, Bedwyr Dyrnwal. *Chi!* Ie, chi a'ch rhes o gariadon a'ch blydi rhosod!'

'Er mwyn y nefoedd!' Cerddodd o du ôl y ddesg

mewn digofaint. 'Pam mae rhaid i chi wneud y fath ddrama allan o fywyd? Pam na fihafiwch chi run fath â phob merch arall wyf yn ei 'nabod?'

'Byth!' gwaeddodd Ceri. 'Byth bythoedd! Does yna ddim digon yn eu pennau nhw i weld mai chwerthin am eu pennau yr ydych chi. Does arna i ddim eisiau cael fy nefnyddio fel rhyw degan i'w daflu o'r naill du ar ôl i chi orffen chwarae hefo fi.'

'Ond rydych chi'n wahanol! Rwyf wedi gofyn i chi 'mhriodi i! Chewch chi mo'ch taflu o'r neilltu. Nid rhyw ffansi fyr-hoedlog yw hyn, wyddoch chi.'

'Na — dim ond priodas wag.' Roedd yn ddiffrwyth gan dymer a'i llygaid yn gwreichioni. 'Rydym yn sôn am weddill fy mywyd i, nid am rhyw ben-wythnos fudr... Na oedd yr ateb gawsoch chi, a na yw'r ateb rŵan.'

'Fe dreblaf eich cyflog.'

Syllodd arno'n fud ac edrych i fyw ei lygaid — llygaid oedd yn sgleinio dan ryw gaenen ddisglair. 'Rhag cywilydd i chi!' bytheiriodd.

Sylwodd ar nerf yn plycio ger asgwrn ei ên ac edrychai fel pe bai ar ffrwydro. 'Allwch chi ddim gweld? Nid fi fydd yn cael bendith o'r briodas. Os byddwch yn wraig i mi bydd gennych hawl ar fy holl eiddo — ac mi wyddoch fy mod i'n ddyn cyfoethog iawn.'

'Wnawn i mo'ch priodi chi am holl aur Periw.' Roedd ei llais fel gwynt traed y meirw.

Aeth ei gorff yn llipa ulw. 'Reit. Os nad ydych yn malio dim amdanaf i — meddyliwch am fy mam — mae hi ar ben ei thennyn. Rwy'n erfyn arnoch fy helpu — chi yw'r unig obaith sydd gen i.' Cydiodd yn dynn yn ei hysgwyddau gan wasgu yn ei angerdd. 'Sut y medraf eich perswadio? Rwyf wedi cynnig y byd i chi. Roeddwn yn gobeithio y byddai fy mrodyr wedi llwyddo i'ch darbwyllo. Er eu mwyn nhw y gofynnais i chi. Dim ond plant ydyn nhw — ond maen nhwythau'n gwybod mai chi yw eu hunig obaith. Nhw ddaru gynnig dod i siarad â chi — wnes i ddim gofyn iddyn nhw wneud.' Ochneidiodd o waelod ei galon. 'A'r cyfan yn ofer. Gwneud pethau'n waeth ddaru nhw. O Dduw mawr!' Daeth y gri o ddyfnder ei enaid ac yr oedd dagrau yn ei lais.

Safodd am eiliad arteithiol yn syllu arni gyda'i lygaid fel deuddarn o ddur disglair ac eiriolaeth ym mhob ystum. Tynhaodd ei fysedd ar ei hysgwyddau a hawdd oedd gweld ei fod yn ymladd brwydr fewnol. 'Ceri,' sibrydodd yn grynedig. 'O Ceri!'

Gwyliodd Ceri mewn math o lesmair fel y deuai ei wyneb yn nes, nes ati. Mesmereiddiwyd hi ac ni allai ei osgoi. Roedd ei ddwylo'n dyner ar ei hysgwyddau, ei freichau amdani'n sydyn, yn ei chofleidio, ei thynnu'n glòs, a'i wefusau'n gynnes wrth wahanu ei gwefusau hithau'n ysgafn.

Diflannodd pob owns o hunan-ddisgyblaeth a chludwyd hi ar lanw o felyster annirnadwy. Synnwyd hi gan ei dynerwch a'i angerdd distaw.

Teimlodd wefr ym mhwll ei stumog, yn pelydru drwy weddill ei chorff a'i hesgyrn fel pe'n toddi mewn llif o wendid bendigedig. Heb yn wybod iddi'i hun rhoddodd ei breichiau am ei wddf a chwaraeai ei bysedd yn ei wallt sidanaidd. Rhuai'r gwaed yn ei chlustiau a chrynai ei holl gorff wrth ei dynnu ati a'i deimlo'n anwylo'i chefn, yn ei chofleidio'n garuaidd ac yn feistrolgar.

Yn sydyn clywodd y sŵn lleiaf, dim ond rhyw awgrym o anadliad, a chododd Bedwyr ei ben i wrando, ei gorff yn ymsythu. Roedd y drws rhwng y ddwy swyddfa'n llydan agored. O'r swyddfa nesaf daeth pesychiad ymdrechus a sŵn janglo pres mewn poced fel pe i dynnu sylw.

Neidiodd Ceri'n euog gan esmwytho'i sgert yn

wyllt. Teimlai'n boeth ac annifyr. Cribodd yntau ei wallt â'i fysedd, ei wyneb yn bictiwr o syfrdandod, a syllodd y ddau i lygaid ei gilydd. Gwelodd y benbleth yn ei llygaid a gwelodd hithau'r olwg fodlon yn ei lygaid yntau. Cam-ddehonglodd yr olwg oherwydd ei diffyg profiad.

Safent yn stond, gan brin anadlu, yn syllu ar ei gilydd, pan ddaeth Alcwyn Morys i mewn — ac wrth ei gynffon roedd gwraig dal, luniaidd, gyda gwallt trwchus purwyn. Diflannodd hud y munudau parlysol diwethaf wrth i'r ddau droi i'w hwynebu.

'Esgusodwch fi, Bedwyr, ond roedd y foneddiges hynaws hon yn y cyntedd yn chwilio amdanoch,' meddai Alcwyn gan wenu'n wawdlyd ar Ceri.

Rhedodd ias o gryndod drwyddi wrth iddi sylweddoli ei fod wedi'u gweld nhw a gwyddai y byddai'r stori'n dew drwy'r holl adeilad yn fuan iawn.

'Diolch i chi am ddod â hi yma.' Cliriodd Bedwyr ei wddf i geisio cael gwared o'r bloesgni.

'Helo, cariad. Wyt ti ddim am gyflwyno'r ferch ifanc landeg i mi?' Gwenodd yn heulog, ei llygaid yn astudio wyneb swil Bedwyr a wyneb porffor Ceri a oedd yn edrych fel pe hoffai i'r ddaear ei llyncu. 'Mae'r plant wedi cyfaddef o'r diwedd bod rhywbeth yn y gwynt ac yr oedd yn rhaid i mi gael dod i weld sut un yw fy narpar ferch-yng-nghyfraith.'

Syrthiodd calon Ceri i'w hesgidiau. Y wraig hon yn parablu yng ngŵydd Alcwyn Morris a hwnnw'n glustiau i gyd! O fewn pum munud byddai pob swyddfa yn fwrlwm gyda'r newydd syfrdanol. Edrychodd ar Bedwyr a'i llygaid fel dwy bicell yn barod i'w ladd, yn eiriol arno i wadu, ond manteisiodd Bedwyr ar y cyfle gydag asbri.

'Mam! Mi hoffwn i chi gyfarfod Ceridwen Prydderch, f'ysgrifenyddes, ond cyn bo hir — fy mhriod.'

'O rydw i mor falch o gael cyfarfod y ferch sydd wedi llwyddo i ddofi fy mab o'r diwedd!' a gwenodd yn braf wrth estyn ei llaw i Ceri.

'Sut ydych chi, Mrs Dyrnwal,' ategodd Ceri'n llesg. 'Ond mae Bedwyr yn gwneud camgymeriad. Dwyf i ddim yn...'

Torrodd yntau ar ei thraws yn gyflym — 'A dyma Alcwyn Morris, un o'm dylunwyr mwyaf galluog.'

'Pleser o'r mwyaf, madam.' Gwenodd Alcwyn arni, ac yna gyda moesymgrymiad coeglyd trodd at Ceri. 'A gaf i fod y cyntaf i'ch llongyfarch chi. Mi ddylwn fod wedi sylweddoli fod eich llygaid ar bethau mwy dyrchafol na'r adran Graffeg. Beth yw'r hen ddywediad hwnnw? Y dŵr basaf sy'n rhedeg ddyfnaf? Neu eiriau i'r perwyl.'

Crebachodd Ceri dan ei eiriau chwerw ac o gornel ei llygad gwelodd gorff Bedwyr yn tynhau'n ffyrnig, ond methodd â brathu ei thafod. 'Does dim angen eich cyfarchion, Alcwyn. Rwyf wedi gwrthod Mr Dyrnwal ac rwyf hefyd wedi ymddiswyddo.'

'Beth?' llefodd ef a Mrs Dyrnwal yn unsain.

Fflachiodd ei llygaid yn fuddugoliaethus. 'Cewch chi egluro, Bedwyr,' meddai â'i llais fel y mêl gan droi ar ei sawdl a'u gadael.

Neidiodd yntau a gafael ynddi fel gele a'i llusgo'n ôl ato. Roedd gwên hudolus ar ei wefusau er nad oedd y min yn ei lygaid yn adlewyrchu'r wên honno. 'Dim ond camddealltwriaeth rhwng dau gariad,' meddai, 'dim byd mawr o'i le, oes yna Ceri?' ychwanegodd wrth ei thynnu'n gadarn i'w gesail.

Teimlodd Ceri wres ei gorff yn ei serio a theimlai fel sgrechian mewn gorffwylltra ond gwyddai ar yr un pryd mai ffolineb fyddai hynny.

Amneidiodd ar Alcwyn i'w gadael a gwenodd ar ei fam. 'Eisteddwch, Mam. Rwy'n siŵr fod Ceri bron marw eisiau sgwrs efo chi i egluro pam nad yw hi am fy mhriodi i.'

Pennod 6

Edrychodd Mrs Dyrnwal yn graff ar y ddau cyn eistedd ar y soffa gyffyrddus a gosod ei bag llaw ar y bwrdd isel gerllaw. Gwraig dal, osgeiddig, oedd hi, yn hardd yn ei gwisg o liain main o liw'r rhosyn a wyneb llawn penderfyniad ganddi. Fflachiodd rhywbeth yn ei llygaid llwydlas ac amneidiodd yn glên ar Ceri: 'Dewch i eistedd yma efo fi. Wna i mo'ch brathu chi.'

Rhoddodd Bedwyr bwt ysgafn iddi i gyfeiriad ei fam. Taclusodd hithau'r cudynnau gwallt oedd yn mynnu disgyn i'w llygaid a gwthiodd ei blows i'w sgert yn ddryslyd. Disgynnodd ar y soffa a gwneud ymdrech ddewr i ddod ati'i hun.

'Beth wyt ti wedi'i wneud i'r eneth druan, Bedwyr?' holodd ei fam yn dyner. 'Cymryd arnat dy fod yn byw yn Oes yr Ogof mae'n debyg. Mae angen trin hon yn fonheddig a thyner, mi allaf weld.'

'Peidiwch â chymryd eich twyllo. Efallai ei bod hi'n edrych yn fregus ond mae ganddi gyfansoddiad fel ceffyl, credwch fi.'

Cododd aeliau Mrs Dyrnwal wrth edrych o un i'r llall a sylwi ar y boen yn llygaid Ceri. 'Fuoch chi ddim yn hanner digon cyfrwys, mae'n amlwg,' meddai gan chwerthin yn llon. 'Un o'n cyfrinachau pwysicaf ni'r merched yw gadael i ddynion feddwl mai rhyw greaduriaid gwan penchwiban ydym ni ac mai ein hunig uchelgais yw cael gafael ar ddyn i edrych ar ein holau weddill ein hoes!'

'Hy! Mae hon yn rhy benstiff i ddibynnu ar unrhyw ddyn,' ebychodd Bedwyr.

'Beth sydd o'i le ar hynny?' saethodd Ceri i'w gyfeiriad.

'Popeth. Mae'n amser i chi feddwl am eich mab. Mae o'n cael pyliau drwg o fronceitus — mi fyddai fy mhriodi fi yn llesol iddo yntau hefyd — yn ogystal ag i chi. Rydych wedi fy nhroi i lawr yn fflat. Os ydych yn meddwl 'mod i'n edmygu merched annibynnol, yna rydych yn methu.'

'Yr hen sinach!' ysgythrodd Ceri arno. 'Rydych yn troi'r dŵr i'ch melin eich hun ac yn gwneud i mi edrych yn fychan o flaen eich mam. Dim ond hanner y stori mae hi'n ei glywed.' Caeodd ei dyrnau yn ei dicllonedd a neidiodd ar ei thraed gan anadlu'n llafurus.

Ni chynhyrfodd Bedwyr — dim ond plannu dau lygad fel y dur arni. Wedi tawelwch llethol camodd tuag ati. Ei hymateb cyntaf oedd camu'n ôl ond roedd ei choesau wedi fferru. Clywai ei chalon yn curo fel gordd fel yr edrychent i fyw llygaid ei gilydd. Roedd pob nerf yn ei chorff yn hiraethu am gael ei gofleidio. Beth sydd wedi digwydd i'm synnwyr cyffredin i, meddyliodd mewn braw. Pam na alla i ei wrthsefyll o? Crynai drwyddi wrth symud yn simsan tuag ato.

Anghofiodd bopeth am y wraig oedd yn eistedd gerllaw yn eu gwylio'n dawel. Roedd tu hwnt i bryder. Nid oedd dim o werth yn y byd mawr crwn ond ei lygaid nwydus a theimlai bob gewyn yn ei chorff yn ysigo. Roedd arogl cynnes ei gorff fel gwrthban amdani a'i hunig ddymuniad y munud hwn oedd am gael teimlo'i freichiau amdani, teimlo'i wallt sidanaidd yn feddal rhwng ei bysedd, clywed blas ei wefusau ar ei min. Ffrydiodd cynhesrwydd drwy'i gwythiennau a theimlodd ryw angerdd annisgrifiadwy yn llifo drwy'i gwaed.

Roedd yntau yn ei gwylio, ei lygaid yn meinhau, a gwyddai ei fod yn gwybod i'r dim sut yr oedd hi'n teimlo. Roedd ei chorff yn bradychu'r gwirionedd

— y gwirionedd y bu hi mor gyndyn i'w dderbyn. Yr oedd yn ei garu! Y fath ffolineb! Byddai'n ei llarpio galon ac enaid, a chynnig dim yn ôl heblaw ei gyfoeth. Bargen hollol annheg. O na! meddyliodd. Nid yw'n deg. Beth a wnaf?

Brwydrodd am hunan-feddiant. 'Rydw i'n eich ffieiddio chi!'

Chwarddodd Bedwyr yn ddistaw, ei gorff yn ei braidd-gyffwrdd hi. Ond pan welodd y llif o wrid yn carlamu i'w hwyneb taflodd ei ben yn ôl a chwarddodd yn wawdlyd. 'O fy mharagon nwydus i! Mi *hoffech* fedru fy ffieiddio — ond fedrwch chi ddim!'

'Cerwch i'r di...' Cofiodd am ei fam a brathodd ei thafod.

'Rŵan, rŵan! Peidiwch â gadael i'ch darpar fam-yng-nghyfraith weld bod gennych y fath dymer ddrwg.'

Rhythodd arno mewn cynddaredd ond camodd oddi wrthi ac edrych ar ei fam.

'Gan mai dod yma i weld Ceri wnaethoch chi, fe'ch gadawaf i chi gael sgwrs. Os byddwch f'angen byddaf yn yr Adran Gyfrifon.'

Taflodd Ceri bicell ddychmygol i'w gefn.

Wedi eiliad neu ddau o ddistawrwydd daeth chwerthiniad bach llon o gyfeiriad Mrs Dyrnwal. 'Anodd credu bod gan fy mab chwaeth mor dda, merch i. Roeddwn wedi meddwl bob amser y byddai'n dewis rhyw ferch — y — fydol.'

'Brydferth ydych chi'n feddwl,' meddai Ceri'n ysgafn. 'Cofiwch 'mod i'n gyfarwydd â'i holl gariadon o.'

'Rydych yn ei nabod o'n rhy dda, mae'n amlwg,' ychwanegodd Mrs Dyrnwal.

Siglodd Ceri ei phen a disgyn ar y soffa gydag ochenaid o anobaith. Ydw, meddyliodd, ac mi wn pa mor anfoesol ydi o hefyd.

'Codwch eich calon, 'ngeneth i. Peth eitha doeth yw cychwyn bywyd priodasol â'ch llygaid yn llydan agored. Chewch chi mo'ch siomi felly.'

'Fedra i mo'i briodi o, Mrs Dyrnwal.'

'Nonsens!' Gwyrodd yn ôl ymysg y clustogau gan blethu'i dwylo ar ei glin. 'Mae'n hollol amlwg eich bod chi mewn cariad efo fo.'

Neidiodd Ceri mewn arswyd a syllodd yn syn, ei llygaid yn adlewyrchu ei loes. 'Ydi o'n amlwg?' Roedd wedi dychryn. Dim ond munud yn ôl yr oedd hi wedi sylweddoli hynny ac yr oedd yn casáu ei hun. Roedd yn deimlad newydd ac anghysurus.

'Mae'n amlwg i mi, Ceri, ond mae gen i ragfarn cryf o blaid fy mab.' Gafaelodd yn ei llaw yn garedig.

'Fedra i ddim ei briodi,' meddai'n ddigalon, ei hwyneb yn nychu. 'Mae'n amhosib. Mae gen i resymau da, credwch fi.'

'Mae cariad yn ddall, medden nhw.'

'Cariad!' cagiodd. 'Pan mae dau yn priodi y mae cariad i fod i'w hasio i'w gilydd. All hynny ddim digwydd rhwng Bedwyr a minnau. Fy mhitïo y mae o — mae o'n gwybod yn iawn na chaf i byth ŵr. Tydi o ddim yn fy ngharu.'

'Nag ydi, ar hyn o bryd efallai,' meddai'r wraig garedig. 'Ond mae o'n teimlo cyfrifoldeb drosoch chi ac yn pryderu amdanoch chi. Dyna gychwyn da. Mae'n bosib y daw i'ch caru hefyd.'

'Mae o'n pryderu llawer gormod am bobl eraill ar hyn o bryd. Baich ar ei war fyddwn i, dim ond llyffethair.'

Cododd yr aeliau siapus mewn syndod. 'Pam? Oherwydd bod gennych blentyn?'

Cuddiodd Ceri ei hwyneb yn ei dwylo. Po fwyaf a ddywedai, mwyaf cymhleth yr âi pethau. 'Nid dyna'r unig broblem. Edrychwch arnaf i, Mrs Dyrnwal.' Cododd ei hwyneb curiedig. 'Nid wyf yr un teip ag o, o gwbl.'

'Twt! Mi allech fod yn ferch arbennig o hardd gyda dillad addas a thipyn o golur a newid steil eich gwallt,' meddai'n garedig. 'Ac mae'n hen bryd i chi faddau i chi eich hun am fod yn fam ddibriod.'

'Ydych chi ddim yn deall... dwyf i ddim yn...' Brathodd ei thafod — sut yr oedd hi'n mynd i esbonio'r sefyllfa astrus a'i rhan hi yn y ddrama. Os cyfaddefai mai Meg oedd mam y plentyn efallai y byddai Mrs Dyrnwal yn gorfodi Bedwyr i briodi Meg. A mynd â Robin oddi arni a thorri ei chalon hithau. Fyddai ganddi ddim rhan o gwbl yn ei fagwraeth. 'Mae'n amhosib inni briodi,' meddai eto.

'Fyddai Bedwyr ddim wedi gofyn i chi oni bai ei fod o'n credu mai dyna'r peth gorau er lles pawb. Mae o'n teimlo'n gartrefol hefo chi. Mi ddywedodd wrthyf unwaith nad oedd wedi priodi am ei fod heb gyfarfod â merch oedd yn gwneud iddo deimlo'n gysurus!'

'Os gwelwch yn dda...'

'Y peth olaf a fynnwn yw bod yn fam-yng-nghyfraith fusneslyd, ond fedrwch chi ddim gweld fod ar Bedwyr eich angen? Bûm yn pryderu dros y blynyddoedd rhag ofn iddo ddewis rhyw hen ffifflen fach. Rydych chi'n gwireddu fy holl freuddwydion. Anodd credu bod Bedwyr wedi bod mor ddoeth. Chi yw'r feri un all beri iddo gefnu am byth ar ei fywyd ysgafala.'

'O Mrs Dyrnwal, fi yw'r un olaf yn y byd all ei berswadio i gefnu ar ei fywyd diofal. Fyddaf i'n ddim byd ond embaras i'ch teulu chi. Rydw i wedi achosi rhwyg rhwng Bedwyr a Cai'n barod. Mynd o ddrwg i waeth fyddai pethau wedi inni briodi.' Ac mae yna frawd arall hefyd, meddyliodd, ac y mae Peredur yn rhan o'r potes. Ond ni allai sôn am hynny.

Gwenodd Mrs Dyrnwal yn wybodus. 'Peidiwch â cheisio portreadu eich hun fel rhyw fath o Fair

Magdalen, da chi. Rwyf yn gallu synhwyro mai nid merch anfoesol ydych chi, Ceri. Mae pawb yn medru gwneud camgymeriad. Ac y mae'r oes wedi newid, dyw pawb ddim mor gul y dyddiau hyn wyddoch chi.'

'Fedra i byth ei briodi, cymerwch fy ngair. Rydych yn gofyn gormod.'

Astudiodd Mrs Dyrnwal wyneb Ceri'n ofalus a sylwodd ar yr alaeth ynddo — a sylwodd ar rywbeth arall hefyd. 'Oherwydd iddo eich sarhau drwy gynnig arian i chi?'

Llosgai ei hwyneb. 'Ac yntau'n disgwyl i mi dderbyn yn llawen! Yn meddwl yn siŵr y byddwn yn neidio ar y cyfle! Pa fath o ferch sy'n disgwyl tâl am adael i rhywun ei phriodi?'

'Dyna'n union beth a ddywedais wrtho fo! Ond rhaid i chi gofio mai dyn busnes yw Bedwyr yn anad dim, ac y mae pob merch arall yn ei fywyd wedi bod â'i llygad ar y geiniog. Yn ei farn o dyna'r unig beth o werth oedd ganddo i'w gynnig i chi. Ond rydych chi'n ferch ddiffuant iawn ac fe fydd yn ddigon hawdd i chi brofi ei fod wedi gwneud cam â chi.'

'Mae o'n rhy gibddall! Cyfleustra wyf i, dyna'r cyfan.'

'Mi allaf ddeall pam rydych chi'n teimlo ei fod wedi eich sarhau, ond os medrwch anwybyddu hynny a'i briodi am eich bod yn ei garu, bydd yntau'n dod i ddeall yn raddol bod merched rhinweddol i'w cael yn y byd yma. Fe ddaw i'ch caru. Chi fydd ei fodd i fyw.'

Eisteddai Ceri fel delw. Sut y medrai ddarbwyllo Mrs Dyrnwal heb ei brifo?

'Beth arall sy'n eich gofidio, Ceri? Mae yna rywbeth heblaw arian. Rydych chi'n ferch ymarferol, mae Bedwyr wedi dweud hynny wrthyf droeon. Nid rhyw laslances benchwiban ydych chi. Rŵan, dywedwch wrthyf beth sy'n bod.'

'Fe gewch eich brifo.'

'Rydw i wedi gweld llawer tro ar fyd ac wedi 'mrifo lawer gwaith. Beth yw'r gwir reswm dros wrthod priodi fy mab? Mi wn eich bod mewn cariad â fo ac y mae'r cariad hwnnw'n ddigon cadarn i wynebu pob math o anawsterau. Beth arall sy'n bod? Byddwch mor garedig â dweud y gwir wrthyf i, Ceri. Os ydych yn onest mi fedraf dderbyn y caswir, beth bynnag ydi o.'

Syllodd Ceri arni, ei llygaid yn llawn artaith. Fedrai hi ddim...

'Dowch, merch i...'

Aeth ias drwyddi. 'Fy chwaer, Meg... Meg ydi mam Robin... nid fi. Dwyf i erioed wedi...' gwridodd i fôn ei gwallt — 'ond roeddwn wedi addo i Mami y byddwn i'n gofalu am Meg a phan ddeallais ei bod hi'n feichiog roeddwn yn meddwl 'mod i wedi bod yn esgeulus o 'nyletswydd. Arnaf i oedd y bai. Doedd Meg ddim eisiau'r babi, ond gwrthodais adael iddi gael erthyliad. Meddyliais efallai unwaith y byddai hi'n gweld y plentyn, ei ddal yn ei breichiau...' treiglai dagrau hallt yn araf i lawr ei gruddiau. 'Ond nid felly bu. Fi sy'n caru'r babi, nid Meg. Fi sydd wedi'i fagu.'

Edrychai Mrs Dyrnwal fel pe wedi'i sodro i'w sedd. 'Mae'n anhygoel, sut y medrech chi fod mor nobl? Ond nid yw hyn yn gwneud gwahaniaeth, wyddoch chi. Dywedwch wrth Bedwyr: mae o'n siŵr o ddeall. Efallai y gallai esmwytho'r sefyllfa.'

'Na, nid wyf yn credu hynny.'

Daliai Mrs Dyrnwal i edrych arni'n syfrdan, ei thalcen yn un rhych o benbleth. 'Mae yna rywbeth arall on'd oes?'

Brathodd Ceri ei dwrn yn boenus, ei hwyneb fel y galchen.

'Mae'n rhaid i mi gael gwybod,' prociodd.

Ymhen eiliad cododd Ceri ac aeth i'w swyddfa gan ddod yn ôl â waled yn ei llaw. Tynnodd lun o Robin allan a'i estyn i Mrs Dyrnwal yn ofnus.

Edrychodd hithau ar y llun ac yna gwelwodd mewn sioc wrth weld y tebygrwydd. Bu tawelwch llethol am eiliadau ac yna edrychodd ar Ceri â gwayw yn ei llygaid. 'Mab Bedwyr ydi o!' sibrydodd.

Ysgydwodd Ceri ei phen.

'Peredur!' Ffwydrodd yr enw allan: *'Mab Peredur ydi o?'*

Anadlai'n fyr ac yna cododd yn araf a cherdded at y ffenestri llydain y tu ôl i ddesg ei mab gan syllu'n ddall ar yr olygfa y tu allan, ei chefn fel styllen, ei phen yn uchel. 'Rydw i'n nain!' llefodd a'i llais yn torri, 'a wyddwn i ddim. Ddywedodd neb wrthyf fod gen i ŵyr bach!'

'Does neb arall yn gwybod.'

'Ydi Peredur ddim yn gwybod bod ganddo fab?' Edrychodd ar Ceri fel pe mewn perlewyg.

'Nag ydi. Soniodd Meg yr un gair wrtho ei bod yn feichiog. Roedd hi'n gwybod ei fod yn ŵr priod pan ddaru nhw... ac wedyn mi aeth yntau i ffwrdd i Mecsico heb wybod. Ddaru Bedwyr ddim nabod Robin.' Anadlodd yn galed a chrynedig. 'A fedrwn i ddim dweud wrtho.'

'Robin.' Gallai Ceri dyngu bod y wraig yn mynd i lewygu wrth edrych ar y llun yn ei llaw. 'Ar ôl tad Peredur yr enwyd o?'

Saethodd poen drwy ymysgaroedd Ceri wrth weld y llygaid disglair yn llawn dagrau. 'Nage, mae'n ddrwg gen i. Mi wrthododd Meg enwi'r plentyn ac yn y diwedd fe ddewisais i'r enw 'Robin' — nid oedd unrhyw reswm arbennig dros y dewis.'

Gwenodd Mrs Dyrnwal yn drist. Gwasgodd ei dagrau'n ôl gan ymladd yn ddewr i geisio adennill ei hurddas. 'Mi fyddai Robert wedi gwirioni ar ei ŵyr bach cyntaf, hyd yn oed os mai cyd-ddigwyddiad oedd dewis yr enw.' Tynerodd ei hwyneb ac yna gafaelodd yn ei bag-llaw. 'Gaf i gadw'r llun yma?'

'Cewch wrth gwrs.'

'Diolch yn fawr i chi,' sibrydodd a throi'n sydyn am y drws.

'Arhoswch!' Petrusodd Ceri. 'Beth ydych chi'n mynd i'w wneud?'

Safodd Mrs Dyrnwal er na throdd i wynebu Ceri. 'Gwneud?' meddai'n ddistaw. 'Dim byd Ceri. Eich cyfrifoldeb *chi* yw gwneud rhywbeth.'

'Wnewch chi ddim dweud wrth Bedwyr?'

'Na, wnaf i ddim yngan gair. Ond mae'n rhaid i *chi* ddweud wrtho — cyn ei briodi fyddai orau...'

'Ond dwyf i ddim yn mynd i'w briodi! Fedrwch chi ddim gweld bod y sefyllfa yn un anobeithiol?'

'Mae Peredur yn ŵr priod. Mae'r gweddill yn rhy ifanc. Dim ond Bedwyr sydd ar ôl.'

'Ond fyddai hynny ddim yn deg o gwbl â Bedwyr,' ebychodd Ceri'n geg-agored.

'Mi ddylech fod wedi meddwl am hynny cyn cymryd arnoch mai chi oedd mam Robin.'

Llithrodd talpiau o rew i lawr meingefn Ceri a llefodd yn ei gwae: 'Mrs Dyrnwal! Chi ddaru ofyn i mi fod yn onest neu fuaswn i byth wedi dweud y gwir wrthych chi. Allwch chi ddim gweld ei bod hi'n amhosibl i mi briodi Bedwyr? Mi fyddai'n gwybod yn syth... y munud y bydd o'n... mi fydd yn sylweddoli na chefais i erioed fabi! Roeddwn i'n meddwl y buasech chi o bawb yn fy neall.'

'Y cyfan wyf i'n ei ddeall yw fod gen i ŵyr bychan ac fod ganddo fo hawl i arddel yr enw Dyrnwal. Wrth i chi briodi Bedwyr mi fydd gan Robin yr hawl i fabwysiadu enw'r teulu.'

'Ond fedra i ddim gadael iddo wneud hynny!'

'Hoffech chi i mi ddweud wrtho am briodi Meg

'te?' Disgynnodd distawrwydd fel bom rhyngddynt cyn i Mrs Dyrnwal droi, ei hwyneb fel mur o rew. 'Neu efallai ei bod hi'n aros i briodas Peredur chwalu? Os ydy hi, yna mae arnaf ofn mai ei siomi a gaiff. Mi gefais lythyr ddoe ddiwethaf yn dweud ei fod o a Melanie wedi penderfynu ceisio achub eu priodas. Does gennych chi ddim dewis. Os ydych am ddal i fynnu mai chi yw mam Robin yna mae'n rhaid i chi briodi Bedwyr. Fynnwn i ddim ymyrryd ym mhriodas Peredur gan fod pethau'n rhedeg mor llyfn o'r diwedd. Mi fyddai Bedwyr yn cytuno â mi.' Roedd poen a diflastod yn ymlid ei gilydd fel cysgodion ar draws ei hwyneb wrth iddi droi ar ei sawdl a rhuthro drwy'r drws yn swta.

Safodd Ceri fel delw gerfiedig am o leiaf bum munud wedi iddi ddiflannu, yn methu symud na meddwl na theimlo dim. Yna daeth yr adwaith. Dechreuodd ei holl ofidiau bentyrru yn ei meddwl a chrynai o'i phen i'w thraed. Oni bai i Bedwyr gerdded i mewn yr eiliad honno byddai wedi disgyn yn swp diymadferth i'r llawr. Daliodd hi yn ei freichiau.

'Beth sydd wedi digwydd?' holodd yn wyllt.

Gwibiai pob math o syniadau drwy'i phen nes corddi ei hymennydd.

'Dim byd,' sibrydodd gan geisio rhyddhau ei hun o'i afael. Roedd yn rhy agos ati ac ni allai feddwl. Rhaid oedd cael gwared ohono.

'Peidiwch â dweud celwydd. Mi welais Mam yn y cyntedd. Welais i mo'r fath olwg ar ei hwyneb er y diwrnod y bu farw Tada. Beth ddigwyddodd yn y stafell yma? Y nefoedd fawr, dim ond am ugain munud y bûm i allan a...'

Arbedwyd Ceri rhag gorfod ateb gan glochdar y teliffon. Gwelodd Bedwyr nad oedd hi mewn cyflwr i'w ateb a rhoddodd hi i eistedd ac ateb y ffôn.

Manteisiodd hithau ar y cyfle i ddianc o'r swyddfa.

Pennod 7

Gwyddai Ceri mai rhywbeth dros dro oedd yr heddwch. Yn hwyr neu hwyrach byddai Bedwyr yn sicr o ganfod y gwir am ei nai. Dylsai fod wedi dweud wrtho ers talwm. Roedd wedi cymhlethu popeth drwy gelu'r gwir.

Wedi rhoi ei faddon i Robin a'i roi yn ei wely eisteddodd yn y lolfa fechan yn trafod y gwahanol bosibiliadau yn ei meddwl. Gallai ddatgelu'r holl hanes iddo. Clywai ei llais ei hun yn egluro nad oedd Meg wedi dangos rhithyn o ddiddordeb yn y plentyn. *Yr unig reswm pam y dywedais wrthych mai fy mhlentyn i oedd oherwydd fy mod yn ei garu. Ac am fod arnaf ofn i chi fynd ag o oddi arnaf. Hefyd roedd fy malchder yn dramgwydd, doeddwn i ddim am i chi feddwl 'mod i'n ferch rhy anneniadol i gael fy mhlentyn fy hun. I feddwl bod rhywun wedi fy ffansio fi unwaith o leiaf...* Ond na, ei gwawdio hi wnâi am hynny.

Gallai hi a Robin ddiflannu efallai. Syniad reit gall. Ond gwelodd yn syth mai gweithred lwfr fyddai honno. Roedd hi bob amser wedi wynebu ei phroblemau...

Gallai briodi Bedwyr a chuddio'r gwir oddi wrtho. Fyddai hi ddim yn briodas real beth bynnag. Châi o byth wybod. Ond nid oedd yn beth gonest iawn ac yn hynod o annheg ag o.

Roedd ei meddwl wedi bod yn troi mewn cylch a dychwelodd at y posibilrwydd cyntaf. Rhaid oedd dweud y gwir wrtho. Ond beth pe bai o'n mynd â Robin oddi arni? Ac yn priodi Meg? Sut y medrai hi ddioddef byw wedyn?

Roedd ei phen yn troi ac ni sylweddolodd am dipyn bod cloch y drws yn canu. Safai llencyn tua phymtheg oed yno gydag amlen wen yn ei law. 'Ceri Prydderch?' meddai gyda gwên gyfeillgar. 'Oddi wrth eich chwaer.'

'Diolch,' meddai'n ffwndrus gan gymryd yr amlen yn betrus.

'Croeso! Mi roddodd eich chwaer bumpunt i mi i wneud yn siŵr eich bod yn ei gael heno.' A cherddodd yn sionc at y grisiau.

Syllodd Ceri ar ei gefn yn diflannu ac yna bu bron iddi â neidio allan o'i chroen — roedd dau yn cerdded i fyny'r grisiau. Mrs Dyrnwal — ac wrth ei sawdl, Bedwyr!

Ei hymateb cyntaf oedd rhoi clep ar y drws yn eu hwynebau. Ond peth plentynnaidd iawn fyddai hynny. Daeth at ei hun, rhaid oedd eu hwynebu — nid oedd ganddi ddewis.

Safodd o'r naill ochr a gadael iddynt gerdded i mewn i'r fflat. Amneidiodd Bedwyr arni ac anelu'n syth am ystafell Robin. Aeth i mewn ac edrych yn graff ar rywbeth ac yna dychwelodd at ochr ei fam a Ceri. 'Na, roeddech yn anghywir, Mam. Mae o'n cysgu'n braf a does dim o'i le. Beth wnaeth i chi feddwl na fyddai yma?'

Syrthiodd Mrs Dyrnwal yn glwt i gadair gan ffidlan gyda'i bag-llaw a gwrthod edrych arnynt. 'Rwy'n falch iawn o glywed,' sibrydodd gan syllu'n ddagreuol ar y llawr.

Cuddiodd Bedwyr ei wyneb yn ei ddwylo. 'Mae'n ddrwg gen i Ceri, wn i ddim beth sy'n digwydd. Roedd Mam yn meddwl yn siŵr y byddech chi a'r babi wedi diflannu.'

Ni wyddai Ceri beth i'w ddweud a safai yno'n malu amlen wen rhwng ei bysedd ysig. 'Ydych chi wedi cael rhyw newydd drwg? Rydych fel y galchen.'

'O, wn i ddim.' Cofiodd am y llythyr. 'Oddi wrth Meg. Heb ei ddarllen. Eisteddwch, wnewch chi? Gaf i wneud coffi i chi? Neu baned o de?'

'Dim diolch. Darllenwch eich llythyr — neu beth bynnag ydi o — wedyn mae arnaf eisiau gwybod beth yw'r gyfrinach fawr sydd gan Mam a chithau.'

Petrusodd Ceri am eiliad ac yna agorodd yr amlen. Yn llawysgrifen fras Meg darllenodd:

Wedi priodi Nicolas Carlos. Mis mêl yn Fenis: Meg.

Aeth â'i gwynt yn lân. Safodd fel mudan. Beth ddywedai Mami am y methiant pellach hwn ar ei rhan?

Cymerodd Bedwyr y nodyn o'i llaw gan syllu ar ei hwyneb syfrdan. 'Gadewch i mi weld.' Darllenodd y neges ac yna taflodd ei ben yn ôl a chwerthin! 'Mi ddywedodd ei bod yn bwriadu priodi pres!' Curodd ei gluniau â'i ddwylo gan chwerthin yn aflywodraethus. 'Mi wyddai Meg ei bod yn gwastraffu ei hamser hefo fi. Yn enwedig ar ôl i mi ddweud wrthi fy mod yn mynd i'ch priodi chi. Felly mae hi wedi priodi Nic o ran sbeit. Wel lwc dda i ti Nic druan! Bydd ei angen arnat!'

'Mi ddaru chi ddweud wrth Meg?' Ni allai gredu ei chlustiau ac edrychodd ar Mrs Dyrnwal mewn arswyd.

Cododd Mrs Dyrnwal ei phen yn araf a'i llygaid yn llawn rhyfeddod.

Pylodd gwên Bedwyr wrth geisio dehongli'r olwg ar wyneb y ddwy. 'Do, mi ddywedais wrthi. Ac yr oedd ei hymateb yn nodweddiadol ohoni' — roedd dirmyg ar ei fin — 'mae hi'n eiddigeddus ohonoch chi Ceri, wyddech chi ddim? Er ei bod hi'n hardd mae hi'n berwi o genfigen. Ac yn ddialgar. Mi sgrechiodd ac mi stranciodd, a cheisio dweud rhyw stori wirion mai nid chi ydy mam Robin! Allwch chi ddychmygu'r fath beth?'

Bu bron iddi â syrthio yn ei braw ond cafodd nerth i edrych arno. Dyma ni, meddai wrthi'i hun, gan syllu i'w wyneb hardd a'r hafnau duon o bobtu'i geg.

Dyma fi wedi'i golli am byth.

'Sothach noeth!' meddai'i fam yn swta gan godi a sefyll yn ymyl ei mab. 'Ddaru ti ei choelio hi?'

'Naddo siŵr! Mi wyddwn mai cenfigen oedd yn ei chorddi.'

'Wel, chwarae teg i ti. Wyddwn i ddim bod gen ti gymaint o synnwyr cyffredin. Rwyt ti'n medru bod yn dwp iawn, cofia, yn arbennig lle mae Ceri yn y cwestiwn. Ond hidia befo. Beth arall ddywedodd Meg am y plentyn?'

'Wnes i ddim gadael iddi ddweud mwy. Fe aeth ei sgrechian yn grio ac mi wyddoch na allaf i ddim diodde hynny. Euthum adre nerth fy nhraed.

Gwelodd Ceri wên fuddugoliaethus yn ymledu hyd wyneb Mrs Dyrnwal ond teimlodd boen megis brath cledd dan ei bron. Roedd y gwir ar fin cael ei ddatgelu o'r diwedd.

Crynai fel deilen ond cydiodd Mrs Dyrnwal yn ei dwylo iasoer gan edrych i ddyfnder ei llygaid, yn ei hannog i ymwroli. 'Rydw i'n mynd i wneud coffi, esboniwch chi i Bedwyr.' Gwthiodd ddarn o bapur i'w llaw. 'Defnyddiwch hwn os byddwch yn brin o eiriau.'

Dogfen o ryw fath ydoedd a suddodd ei chalon pan welodd mai tystysgrif geni Robin ydoedd. Teimlai'n oer a diymadferth ac yr oedd y ffynnon yn bur agos i'r wyneb. Grym arferiad yn unig a'i galluogodd i rwystro dagrau hallt rhag llifo.

Roedd Bedwyr yn ei gwylio'n llawn chwilfrydedd. Sylwodd ar ei hwyneb llwyd, a'i brwydr ddewr i atal y dagrau oedd yn lleithio'r llygaid glas. 'Beth sydd yn bod Ceri?'

Diflannodd Mrs Dyrnwal i'r gegin. 'Mae'n ddrwg gen i os yw hyn yn mynd i swnio'n felodramatig ond wn i ddim sut i ddweud wrthych chi. Y pnawn yma mi esboniais i'ch mam pam na allaf eich priodi. Mi

wrthododd dderbyn bod gen i reswm digonol.'
Agorodd y llifddorau a phallodd ei lais. Roedd ei thafod yn glynu i daflod ei genau ac ni allai yngan gair. Gwthiodd y dystysgrif i'w law a gadael iddo weld drosto'i hun.

Tarawyd hi gan ei lonyddwch syfrdan a gwelodd ei ddyrnau'n cau ac yn agor yn ffyrnig.

'O Dduw mawr!' meddai'n gryg. Credodd Ceri ei fod yn mynd i'w tharo.

'Paid ti â meiddio'i tharo hi, Bedwyr Dyrnwal!' Daeth llais ei fam o'r drws yn llyfn fel grisial. 'Rwyt ti wedi cael gwell magwraeth na hynny.'

Daliai Ceri i sefyll fel delw a'i llygaid ar gau yn aros am ei ddyrnod.

'Mi wyddech! Mab Peredur ydy Robin, ac fe ddaru chi guddio'r ffaith oddi wrthyf i!'

Llurguniwyd ei wyneb gan gasineb. 'Roedd Peredur bob amser yn dweud pa mor hardd oedd Meg ac mi f'aswn yn deall... ond...' Anelodd ddau lygad mileinig tuag ati, 'Ond y chi? Beth welodd o ynoch *chi*?'

Wynebodd ef yn urddasol ar waethaf y dolur yn ei chalon ac wrth weld y balchder dewr ar wyneb Ceri neidiodd Mrs Dyrnwal i'r adwy. 'Dyna hen ddigon Bedwyr. Mae'r coffi'n barod.'

Caledodd ei wyneb megis talp o ithfaen. 'Coffi? Dim diolch.' Heb air pellach trodd ar ei sawdl a cherdded allan gan roi clec i'r drws nes oedd y tŷ yn crynu.

Teimlodd ei hunan-feddiant yn malu'n shwtrws. Crynodd ei gên. Llanwodd ei llygaid ond ni fynnai i Mrs Dyrnwal weld ei gofid. Gorfododd ei hun i godi'i phen. 'Mae'n ddrwg gen i, 'merch i,' meddai Mrs Dyrnwal yn garedig. 'Nid dyna'r ymateb a ddisgwyliwn.'

'Mi ddylai fod wedi fy nharo.'

'Nonsens! A gwneud iddo deimlo'n euog yn ogystal â theimlo'n ffŵl? Mae'i feddwl o fel pwll tro, credwch fi.'

Anwylodd ysgwydd Ceri'n dyner a mynd â hi i eistedd gan godi'r dystysgrif oddi ar y llawr lle'r oedd Bedwyr wedi'i hyrddio. 'Anodd iawn oedd torri'r newydd yn araf deg iddo. Mi ddaw at ei goed, wir i chi.'

'Fûm i ddim yn deg efo fo.'

'Wn i ddim sut y medrwch ei amddiffyn o ar ôl yr holl eiriau cas,' rhyfeddodd Mrs Dyrnwal. 'Ŵyr o ddim pa mor ffodus ydi o'n ennyn eich cariad.'

'O peidiwch!'

'Merch hunanol iawn ydi Meg wyddoch chi. Fedrwch chi ddychmygu fy mab yn briod â merch o'r fath?'

Arswydodd Ceri drwyddi wrth feddwl am y peth ac yna cofiodd am ei edliwiad: Beth welodd o ynoch chi? Gwridodd drwyddi. 'Rydw innau'n hunanol hefyd yn mynnu cadw Robin i mi fy hun. Pe bai Meg heb redeg i ffwrdd efo Nicolas mi fyddai Bedwyr wedi ochri hefo hi.'

Torrodd Mrs Dyrnwal ar ei thraws yn llym. 'Eich problem fwyaf chi, Ceri, yw teimlad dychrynllyd o israddoldeb. Mae'n rhaid i chi ei goncro. Cofiwch bod Bedwyr yn teimlo'n chwerw iawn tuag ataf innau hefyd. Rydym ein dwy yn yr un cwch!'

Safai'n osgeiddig a thawel ac estynnodd y papur i Ceri. Wrth ei gymryd o'i llaw sylwodd Ceri ar enw — enw a neidiodd oddi ar y darn papur — fel pe bai wedi'i sgwennu mewn gwaed coch. *Ceridwen Prydderch*.

'Dwyf i ddim yn deall!'

'Nid fi newidiodd yr enw, os mai dyna ydych yn ei amau. Mae'n rhaid mai eich chwaer wnaeth. Dyna i chi ffordd berffaith o osgoi cyfrifoldeb onide?'

meddai gyda thro dirmygus yn ei gwefusau. 'Wedi i mi eich gadael y pnawn yma mi benderfynias wneud ymholiadau. Roedd eich stori'n swnio mor anhygoel rywsut. Pan welais y dystysgrif meddyliais yn siŵr eich bod wedi dweud anwiredd wrthyf, nes i mi sylweddoli mai eich chwaer oedd wedi sicrhau na châi hi byth ei chaethiwo gan ofalon magu plentyn. Mae'n siŵr ei bod hi'n gandryll erbyn hyn wrth weld bod ei chynllun wedi ffrwydro yn ei hwyneb hi!'

Eisteddai Ceri fel bollt a'i llygaid yn agored led y pen. 'Ond mae hyn yn golygu...' brathodd ei gwefus gan geisio arafu curiad gwyllt ei chalon, 'ond dim ond fy ngair i yn erbyn gair Meg ydi o. F'enw i sydd ar y papur — FI yw ei fam — yn ôl y gyfraith fi piau Robin.'

'Mewn gwirionedd, NI piau o,' meddai Mrs Dyrnwal yn oeraidd. 'Os cytunwch chi i briodi Bedwyr a rhoi ei le teilwng i Robin fel aelod o'r teulu, rwy'n addo cau fy ngheg. Ond os ydych chi'n parhau i'w wrthod bydd yn rhaid i mi ddweud y gwir wrth Bedwyr, a gwneud trefniadau i newid y ddogfen hon yn swyddogol.' Tawodd am eiliad er mwyn i Ceri lawn sylweddoli grym ei bygythiad. 'Mi ofynnodd Bedwyr i chi ei briodi er mwyn cysur ei deulu, a minnau. Nid yw pwy yw rhieni Robin yn gwneud rhithyn o wahaniaeth. Os na chytunwch, byddaf yn barod i ymladd yn eich erbyn â'm holl nerth. A ble fyddech chi wedyn?'

Wrth weld y penderfyniad yn ei hwyneb daeth lwmp i wddf Ceri. 'Wnes i ddim sylweddoli eich bod chi'n wraig mor benderfynol. Ydych chi ddim yn malio dim am Bedwyr a'r ffaith ei fod yn siŵr o gael ei frifo?'

'Ar hyn o bryd rydw i'n poeni mwy am y plentyn bach yna, fy ŵyr i. Mae Bedwyr yn ddigon hen i edrych ar ei ôl ei hun.'

Roedd hi'n ddidostur. Hawdd gweld o ble'r oedd Bedwyr wedi etifeddu'r haearn yn ei gyfansoddiad. 'Sut ydych chi'n meddwl y bydd o'n teimlo yn gorfod magu mab ei frawd?'

'Bydd yn rhaid iddo ddygymod.'

Gwelodd Ceri'r gobaith, os bu un o gwbl, am briodas normal yn diflannu fel tarth y bore. Fferrodd ei gwaed o gofio'r ffordd yr edrychodd arni, yn llawn dirmyg a chasineb. Ond a oedd priodas wag yn well na dim priodas o gwbl? Gwyddai ei bod wedi'i threchu ac ochneidiodd yn ddwys. 'Olreit te. Os ydi Bedwyr yn fodlon — rwy'n barod i'w briodi.'

Gwenodd Mrs Dyrnwal yn orfoleddus.

Priodwyd y ddau'n ddistaw ymhen yr wythnos ac ar yr un pryd gwnaeth Bedwyr gais swyddogol i'r llys i fabwysiadu Robin. Nid oedd na theulu na chyfeillion yn bresennol yn y briodas. Teimlai Ceri'n euog: fel pe bai wedi torri rhyw gyfraith.

Wrth yrru o'r swyddfa gofrestru yn Jaguar lliw arian Bedwyr, eisteddai'n fud. Llyncodd ei phoer yn anesmwyth a thaflodd gipolwg frysiog i wyneb hardd Bedwyr. Teimlai fel sgrechian. Roedd y tyndra yn ei mynwes yn bygwth ei mygu. Fy ngŵr i yw'r dieithryn hwn, meddyliodd yn syn. Mrs Bedwyr Dyrnwal yw f'enw i...

Doedd o ddim wedi dweud gair wrthi er y nos Wener cynt — y noson ofnadwy honno pan ruthrodd o'i fflat mewn tymer. Ei fam oedd wedi gwneud yr holl drefniadau am y briodas. Cyfarfu'r ddau y tu allan i ddrws y gofrestfa, ni fu gair o gyfarchiad — dim ond cyfnewid addunedau'n fecanyddol.

A dyma fo rŵan yn eistedd wrth ei hochr yn ei siwt ddu yn edrych mor sarrug ac mor flinedig. Gwyddai ar ei wyneb nad oedd yn bwriadu ymlacio na chyfaddawdu. Edrychai'r hafnau ar ei wyneb fel pe baent wedi dyfnhau a syllai ar y ffordd a'i lygaid yn mudlosgi. Taflodd ei ben yn ôl mor ddidaro â merlyn mynydd, a chwaraeai'r awel fig â'i wallt sidanaidd, du.

Teimlai Ceri fel rhyw wrach anweledig wrth ei ochr, ei bysedd yn crafangu'i gilydd, ei gwisg sidan eifori wedi rhinclo yn y gwres. Mynnai ei gwallt ddianc yn gudynnau blêr a theimlai'n ddig â hi ei hun. Pam yr oedd yn rhaid i'w gwallt fod mor ddidrefn heddiw o bob diwrnod! Ond hyd yn oed pe bai hi cyn foeled â hoel, ni sylwai Bedwyr.

Arafodd y car y tu allan i'r swyddfeydd a throdd Bedwyr ati, ei lygaid fel talpiau o rew. 'Diwrnod cyffredin o waith yw hwn i mi,' meddai'n swta. 'Does dim byd wedi newid. Yn y swyddfa, ysgrifenyddes ydych chi. Fe wnaf ymdrech i'ch trin fel fy ngwraig adre yng ngŵydd y teulu. Dyna'r cyfan.'

'O'r gorau, syr.' Ceisiodd wenu ond roedd ei gwefusau wedi fferru. Bwriadai wneud ei gorau. Tynnodd ei modrwy briodas a'i gollwng i'w bag llaw. 'Diolch i chi am y lifft.' Agorodd ddrws y car moethus a cherdded i'r adeilad a'i henaid yn glwyfus. Allai hi ddim disgwyl dim mwy. Pa ots, cysurodd ei hun. Rhaid ymwroli er mwyn Robin.

Roedd Alcwyn Morys yn sefyllian yn y cyntedd. 'Braidd yn hwyr heddiw?' crechwennodd. 'A minnau'n meddwl eich bod wedi ymddiswyddo! Hen dric slei i geisio tynnu sylw'r pennaeth oedd hynny, mae'n debyg. Rydych yn ferch ddiniwed i'w ryfeddu!'

Cerddodd heibio iddo'n ffroenuchel a'i anwybyddu.

'Peidiwch â chodi'ch trwyn arnaf i, Madam Talp o Rew!' Cydiodd yn ei braich yn egr a'i throi i'w wynebu — gan wthio'i gorff yn glòs ati. I unrhyw un a oedd yn digwydd mynd heibio edrychent fel pe baent yn cofleidio. 'Rydych chi'n llawn dirgelion, Ceri. Neb yn gwybod dim byd amdanoch chi. Dwedwch wrthyf i beth sydd y tu ôl i'r llygaid glas yna,' sibrydodd yn ei chlust.

Crynai mewn tymer. 'Gadewch fi'n llonydd...'

'Os oes rhaid i chi fynd drwy'r perfformiad hwn, ewch i rywle mwy preifat' — daeth llais Bedwyr fel ellyn o'r tu ôl iddynt; roedd cannwyll ei lygaid fel pen pinnau llachar a miniog.

Rhygnodd ei hanadl o'i gwddf a gwthiodd Alcwyn yn ffyrnig — yn gandryll wrth weld cefn Bedwyr yn diflannu i lawr y cyntedd. 'Peidiwch byth â nghyffwrdd i eto, Alcwyn Morys,' meddai'n wyllt.

'Pam? Be wnaech chi? Sgrechian? Mae un peth yn amlwg, fyddai Bedwyr ddim yn rhuthro i achub eich cam. Roedd y ddau ohonoch mor gysurus yng nghwmni eich gilydd y dydd o'r blaen. Beth ddigwyddodd? Ydi o wedi colli diddordeb ynoch chi ar ôl cael ei ffordd hefo chi? Neu efallai ei fod wedi blino cael ei wrthod — mi ddylech fod wedi gwrando arna i pan ddywedais na allai geneth blaen fel chi fforddio bod mor ffysi.'

'Damio chi! Gadewch lonydd i mi!' llefodd. Chwarddodd yntau'n hir ac yn wawdlyd. 'Wel! wel! Dyma ochr arall y geiniog. I ble'r aeth y ferch fach lywaeth? Mae tân o dan y rhew wedi'r cyfan! Edrychwch ar y gwreichion glas yna'n tasgu i bob cyfeiriad o'ch llygaid chi. Tawn i byth o'r fan, rydych bron â bod yn hardd, Ceri!'

Cerddodd oddi wrtho a cheisio troi clust fyddar ar ei chwerthin a'i grechwen. Dilynwyd hi gan lygaid chwilfrydig y merched oedd yn sefyllian yn y cyntedd yn gwylio'r ddrama.

Pan gyrhaeddodd ei swyddfa roedd Bedwyr yn sefyll wrth ei desg yn edrych ar ei lythyrau. Edrychodd arni'n oer am eiliad fer cyn cerdded i'w swyddfa ei hun. 'Dewch â'ch nodlyfr i baratoi llythyrau,' meddai'n swta.

Fflachiodd dicter yn ei llygaid wrth daflu'i bag i'r drôr, codi'i nodlyfr a'i ddilyn.

Siaradai Bedwyr yn gyflym ac aneglur wrth roi manylion ei gwaith iddi ond ni chwynodd Ceri. Roedd o wedi gwylltio a chredai hithau bod ganddo berffaith hawl i deimlo felly. Mygodd ei digofaint a llenwi'r nodlyfr ac yn raddol fe ddiflannodd ei thymer ddrwg. Llanwyd hi â thristwch llethol o feddwl ei bod wedi brifo'i deimladau, a hynny'n anfwriadol hollol.

Wedi gorffen tynnodd gerdyn bychan o'i boced a'i daflu ar draws y ddesg iddi. 'Cysylltwch ag Angharad Wynn ar y rhif hwn a threfnwch ginio i ddau ym Mryn Awel heno am hanner awr wedi wyth. O — ac anfonwch hanner dwsin o rosod gwyn iddi hi.'

Brifwyd hi i'r byw ond llwyddodd i guddio'r gwae yn ei llygaid er na allai reoli'r cryndod yn ei dwylo. Heddiw oedd diwrnod ei phriodas! Roedd yn amlwg na faliai ef ddim am hynny. Sut y gallai fod mor greulon?

'Rhywbeth arall, syr?' meddai'n ddigyffro.

'Oes,' ebychodd. 'Cadwch draw oddi wrth Alcwyn Morys o hyn ymlaen.'

Cynddeiriogodd Ceri'n sydyn. 'Ond mae gennych *chi* berffaith ryddid i fynd â merched eraill allan! Ffoniwch hon, anfonwch flodau i'r llall...'

'Rydych yn cael eich talu'n dda am wneud.'

Brathodd ei gwefus yn ei hing. 'O... mi anghofiais,' meddai'n egwan. A cherddodd i ffwrdd cyn sythed â phrocer rhag iddo weld ei hanobaith.

Gadawodd Bedwyr ei swyddfa'n gynnar ond ni ddywedodd wrthi i ble'r oedd yn mynd na phryd y deuai'n ôl. Nodweddiadol hunanol, meddyliodd Ceri.

Sut y bûm i mor ddiniwed â meddwl y byddai'n wahanol, meddyliodd pan ddaeth pump o'r gloch a dim siw na miw ohono.

Pan gerddodd Ceri i'r cyntedd disgynnodd distawrwydd fel y bedd, arafodd y siarad a throdd pob llygad i'w chyfeiriad. Ni sylwodd Ceri. Rhuthrodd am y bws. Ni sylwodd ar na choeden na wyneb na llais. Mwynhaodd yr heulwen ar y ffenest a chofiodd ei bod yn fis Mehefin a'r haf yn ei anterth a gobaith am nosweithiau claear i gael mynd â Robin am dro. Yna cofiodd ei bod hi'n wraig briod ers rhai oriau! Gwelsai ei gŵr am gyfanswm o ugain munud a chyfnewid prin hanner dwsin o eiriau!

Gorfododd ei hun i ddygymod â'r syniad mai swydd gyda chyflog da oedd bod yn Mrs Bedwyr Dyrnwal a dim mwy. Gwenodd yn ddireidus pan darawyd hi â syniad gogleisiol — beth pe bai hi'n ceisio bod yn baragon o wraig iddo? Byddai hynny'n mynd â'r gwynt o'i hwyliau! Erbyn iddi gyrraedd cartref Alys i gasglu Robin roedd mewn hwyliau da.

Rhuthrodd Alys i'w chyfarfod â'i hwyneb yn foddfa o lawenydd. 'Mae'n wir o'r diwedd!' gwaeddodd cyn i Ceri gael cyfle i'w chyfarch hyd yn oed. Taflodd ei breichiau amdani'n llawn hapusrwydd. 'Rydym yn cael mabwysiadu! Rydw i'n mynd i'w nôl hi fory!'

'O bendigedig! Llongyfarchiadau!' Yr oedd Ceri wrth ei bodd. 'Mi wnewch fam ardderchog, mae hynny'n sicr.'

'O diolch! Rydych chi bob amser yn dewis eich geiriau mor ofalus, Ceri.' Pefriodd llygaid Alys wrth iddi hanner llusgo Ceri i'r tŷ. 'Mae Alun wrth ei fodd hefyd.'

Ar y gair cododd ei gŵr o'i gwman lle'r oedd yn chwarae hefo Robin a'i deganau. Dyn tal, tenau, yn dechrau colli'i wallt oedd Alun, ac estynnodd ei law i Ceri. 'Rwy'n falch o'ch cyfarfod chi o'r diwedd. Mae Alys wedi sôn cymaint amdanoch chi. Mae gennych chi fab annwyl iawn.'

'Diolch, a llongyfarchiadau ar eich merch fach newydd.'

Gwenodd Alun. 'Eisteddwch! Mae Alys wedi bod yn aros amdanoch ar bigau'r drain er mwyn iddi gael agor y siampên!'

'Dyma fo!' meddai Alys yn rhedeg o'r gegin yn chwifio potel fawr werdd. 'Dim cweit Dom Perignon — ond mi wneith y tro — wn i mo'r gwahaniaeth rhwng da a gwell.'

'Mwy na minnau,' gwenodd Ceri.

Daeth corcyn y botel allan fel bwled o wn a bu cryn chwerthin wrth weld Alun yn tywallt y siampên yn seremonïol i dri gwydr a chwpan Wil Cwac Cwac i Robin.

'Wneith o ddim drwg iddo,' meddai'n ddefodol.

Cododd Ceri ei mab ar ei glin a dymuno iechyd da i bawb.

'I'r teulu!' meddai Alun.

'I Mari Ceridwen a ddaw â heulwen i'n bywyd!' meddai Alys.

'I chi a'ch merch! Pob bendith!' meddai Ceri'n swil o ddeall fod y baban newydd yn mynd i gael ei henwi ar ei hôl.

'Hei! Mae hwn yn stwff da,' chwarddodd Alun.

'Mi ddylai fod. Chawsom ni ddim siampên er dydd ein priodas, wyt ti'n cofio?' meddai Alys a'i llygaid yn sgleinio. 'Siampên i'n priodas, a siampên ar enedigaeth ein merch!'

Ategai Alun bopeth a ddywedai'n llawen a chenfigennodd Ceri wrthynt yn eu gwynfyd.

Profodd Robin ei ddiod cyn ei boeri allan ar draws ei grys a beichio crïo. 'Hidia befo 'nghariad i,' meddai Ceri gan ei gysuro, 'mi ddoi di i'w hoffi rwy'n siŵr.'

Chwarddodd pawb ac am y tro cyntaf ers oesoedd ymlaciodd Ceri yng nghynhesrwydd cyfeillgarwch y pâr priod caredig a'r siampên rhad yn meirioli'r rhew yn ei chalon.

Roedd yn hanner awr wedi saith cyn iddi benderfynu ei bod yn bryd mynd adre. Cymerodd dacsi at y gatiau cywrain a mwynhaodd y gwyll tangnefeddus wrth gario Robin yn ei breichiau i fyny'r fynedfa hir, droellog.

Teimlodd ei choesau'n gwegian a sylweddolodd ei bod wedi yfed gormod ar stumog wag. Ond cyfiawnhaodd ei hun. Wedi'r cwbl nid bob dydd yr oedd hi'n cael cyfle i ddathlu gyda chyfeillion. Ac nid bob dydd yr oedd hi'n priodi dyn yr oedd yn ei garu. Ac ar ben hynny yr oedd ganddi fab oedd yn werth y byd. Roedd ei chwpan yn llawn.

Cusanodd Robin a gwenu'n hapus i'r awyr oedd yn prysur dywyllu wrth iddi gofio syndod Alys pan ddywedodd ei bod hi a Robin yn mynd i fyw i Blas Dyrnwal — er na ddywedodd pam.

Roedd Alun wedi gwenu'n dadol a dweud, 'Mi ddylem fod wedi cael potel fwy — a chymaint o bethau i'w dathlu. Gobeithio y bydd y ddau ohonoch yn hapus yno, a chofiwch ddod i'n gweld yn aml er mwyn i Robin gael dod i 'nabod Mari fach.'

'Wrth gwrs,' addawodd, 'er 'mod i'n cychwyn pennod newydd yn fy mywyd wnaf i ddim anghofio fy ffrindiau.'

'Rydw i'n falch eich bod chi wedi syrthio mewn cariad o'r diwedd,' pryfociodd Alys.

Chwerthin wnaeth Ceri. Ond gwyddai yn ei chalon nad oedd pethau mor syml â hynny. Efallai ei bod *hi* mewn cariad — ond doedd neb mewn cariad â hi. Dyna ddagrau pethau.

Pennod 8

Roedd y tŷ ym mhen draw'r dreif yn enfawr a theimlai Ceri ei hun yn mynd yn llai ac yn llai. Doedd Bedwyr ddim wedi dweud wrthi ei fod yn byw mewn plas a hwnnw wedi'i amgylchynu â deg erw ar hugain o goed a lawntiau a gerddi. Ynddo yr oedd pymtheg ystafell ar hugain ac wrth syllu ar y tŷ mawr o frics Rhiwabon, prin y gallai Ceri gael y nerth i gerdded tuag ato.

Gafaelai'n dynn yn Robin wrth esgyn gris isaf y porth gyda'i bileri cadarn, pan agorodd y drysau a rhuthrodd Geraint i'w chyfarfod. 'Ceri! Ble buoch chi? Mae pawb wedi bod yn pryderu. Ac y mae Bedwyr bron â mynd yn wallgof!'

Camodd Ceri'n ôl mewn braw. 'Helo Geraint. Neu Gawain ydych chi tybed? Rwyf wedi bod yn casglu eich nai...' Roedd ei llais yn floesg, ei geiriau'n aneglur ac yn sydyn ffrwydrodd mewn pwl o igian.

'Geraint ydw i...'

Bu cynnwrf sydyn y tu ôl iddo a sŵn traed yn rhedeg. Gwenodd Ceri'n wan ar Mrs Dyrnwal, a'i phlant o'i chwmpas. 'Ydych chi'n iawn?' gofynnodd ei mam-yng-nghyfraith gan redeg i lawr y grisiau i'w chyfarfod. 'Mae golwg ffwdanus arnoch chi. Mae Bedwyr wedi bod yn chwilio amdanoch chi ym mhob man a phawb yn meddwl eich bod wedi cael damwain neu rywbeth.'

Cipiwyd Robin o'i breichiau ond cyn iddi gael cyfle i egluro dim clywyd sŵn breciau car ac olwynion yn gwichian ar y graean y tu ôl iddi. Wrth droi mewn braw gwelodd Bedwyr yn dod allan o'r modur ac yn brasgamu tuag ati o'i gof yn lân.

'Ble ar y ddaear fuoch chi?' arthiodd arni. Roedd

ei dei ar ddisberod a botymau ei grys yn agored, ei wallt fel draenog.

Edrychodd Ceri arno'n ffwndrus a simsan. Dechreuodd y byd droi o'i chwmpas a cheisiodd siarad ond ni ddaeth llais allan. Carthodd ei gwddf a dweud, 'Helo Bedwyr. Chwilio amdana i? Wedi bod yn dathlu hefo Alys... mae hi'n cael babi fory... roeddwn i'n meddwl eich bod chi'n dathlu hefyd... efo...' Crychodd ei thalcen, 'Efo pwy... Angharad neu rywun... Tro pwy ydi hi'r wythnos yma... fedra i ddim cofio.'

Taniodd ei lygaid. 'Y nefoedd wen, rydych chi wedi meddwi!'

'Dim ond dau wydraid o siampên...' dechreuodd simsanu, ei hwyneb yn chwys domen a'i gwallt yn disgyn yn gudynnau llaith. Ceisiodd osgoi ei lygaid a sylwodd ar wynebau syn ei theulu newydd. Teimlai ar goll, heb gyfaill yn y byd. 'Ydy dau wydraid yn ddigon i wneud un yn chwil?' Edrychodd ar y llawr. 'Ble mae Robin?'

'Mae Luned wedi mynd â fo i mewn, a dyna lle dyle chithe fynd hefyd,' meddai Bedwyr yn gras. Gafaelodd yn ei braich a'i hanelu at y drws ond collodd ei chyd-bwysedd a syrthiodd yn swp yn ei erbyn. 'Dau wydraid, myn brain i,' ysgythrodd rhwng ei ddannedd. Rhoddodd un fraich amdani a'r llall o dan ei phen-gliniau a'i chodi fel pe bai'n bluen.

'O! rwyt yn fy ngharlo dros y rhiniog,' meddai mewn rhyfeddod. 'Yn union fel gŵr yn cario'i wraig newydd i'w chartref cyntaf. Ydi'r teulu yn gwybod mai... actio... yr wyt ti?'

'Byddwch ddistaw, Ceri! Rydw i wedi bod bron â drysu'n methu'n glir â deall ble'r oeddech chi — a dyma chi mor ddigywilydd â cherdded i mewn yn chwil beipen. *Yn feddw!* Rhag cywilydd i chi!'

'Roedd yn rhaid i mi aros i ddathlu hefo Alys. Mae

hi'n cael babi newydd fory. Bydd ganddi deulu crwn cyflawn.' Syllodd i'w lygaid cyn gadael i'w llaw grwydro i'w war lle'r oedd ei wallt du'n cyrlio'n hudolus. Gogleisiodd ei glustiau. 'Mae gennyt ti'r clustiau mwyaf bendigedig ar wyneb daear!'

Gwingodd Bedwyr: 'Peidiwch!'

'Mae gen ti oglais!' rhyfeddodd. 'Mae gen ti oglais yn dy glustiau bendigedig.'

Chwarddodd yn ddistaw.

Mewn rhyw hanner llesmair teimlodd ei hun yn cael ei chludo i fyny'r grisiau. Fflachiodd muriau uchel heibio, cafodd gip ar ganhwyllbrennau addurniedig, lluniau olew mewn fframiau euraid a charpedi trwchus dan draed. O leiaf credai fod yno garpedi trwchus gan na allai glywed sŵn traed Bedwyr.

Caeodd ei llygaid a theimlo fel pe bai'n hedfan fel gwawn y bore. O! roedd hi'n teimlo'n braf, yn ddiogel, yn glyd, ym mreichiau cyhyrog ei gŵr. Gallai glywed ei galon yn curo'n gyson yn erbyn ei mynwes a hiraethai am weld amser yn sefyll yn ei unfan a chael aros yn ei gôl am byth.

'Rwy'n dy garu di. Wyddet ti hynny?' murmurodd gan lithro'i llaw o dan ei grys ac anwylo'i groen cynnes. Syllodd arno gyda'i llygaid mawr glas. Disgynnai ei gwallt fel mwng trwchus dros ei fraich.

Baglodd yntau am eiliad a chymylodd ei wyneb.

'Mae'n ddrwg gen i mod i mor wahanol i'th ferched eraill di. Fedri di ddiodde byw hefo merch mor blaen? Mi fyddai Meg yn fwy addas neu... hei... roeddwn i'n meddwl dy fod yn mynd ag Angharad Wynn allan heno?' Crychodd ei hael. 'Angharad — enw crachaidd 'te? Mae'n siŵr ei bod hi'n hardd.' Ochneidiodd. 'Roedd Meg bob amser yn dweud bod gen i wyneb fel talcen tas.' Heb yn wybod iddi yr oedd ei bysedd yn ei anwylo'n garuaidd.

'Mae Meg yn siarad drwy'i het,' meddai Bedwyr yn swta gan wthio drws ym mhen pella'r neuadd a'i gosod ar ei thraed yn drwsgl. Bu bron iddi â syrthio.

'Ydych chi wedi cael bwyd o gwbl heddiw?' gofynnodd gan roi hergwd i'w llaw oedd yn cydio'n dynn ynddo, yn union fel pe bai hi'n wybedyn plagus.

Ni allai gofio oedd hi wedi bwyta ai peidio. 'Roeddwn i'n rhy nerfus y bore 'ma ac yn rhy brysur ganol dydd.' Gwthiodd ei gwallt o'i llygaid. 'A dim awydd drwy'r pnawn... roedd Alys eisiau i mi aros i swper ond roedd arnaf i eisiau dod â Robin adre...' Yn sydyn sylweddolodd ei bod mewn stafell wely. 'Rhaid i mi weld Robin...'

'Mae Robin yn iawn, mae Mam a Luned yn gofalu amdano fo. Mae'r ddwy wedi gwirioni'n barod.'

Llyncodd Ceri'n nerfus. 'Mi ddylwn i fod efo fo. Mae o mewn lle anghyfarwydd. Ydi o'n crio amdana i tybed? Neu'n pesychu?'

'Maen nhw'n gwybod beth i'w wneud, mae Mam wedi magu saith o blant ei hun cofiwch! A phrun bynnag, tydych chi ddim ffit i edrych ar ôl eich hun heb sôn am neb arall!'

'Rydwi'n berffaith sobr — paragon wyf i cofia!' Gwenodd arno. Gwên ddisglair, llawn addewid.

Diflannodd yr wg oddi ar wyneb Bedwyr ac fe'i dilynwyd gan wawl o boen a thristwch. 'Rwyf wedi fy siomi ynoch chi. Wedi i mi glywed y gwir amdanoch chi a Peredur mi ddylwn fod wedi rhoi'r gorau i'r cynllun gwallgof yma. Oedd priodi brawd Peredur yn codi cymaint o arswyd arnoch chi nes eich bod yn gorfod meddwi cyn medru fy wynebu i?'

Crebachodd wyneb Ceri. Yr oedd ei llygaid fel llynnoedd dyfnion glas. 'Does â wnelo Peredur ddim â'r peth. Mi wnes eich priodi chi am un rheswm yn unig — am fy mod yn eich caru chi. Fe syrthiais mewn cariad â chi y munud y gwelais i chi.'

Tynhaodd ei breichiau amdano.

'Ydych chi'n sylweddoli beth ydych yn ei ddweud?'

'Ydw siŵr,' atebodd hithau'n bendant, ei geiriau'n aneglur. 'Mae fy synnwyr cyffredin i'n dweud na ddylwn i ddim, ond y gwir amdani yw na allaf i ddim peidio. Rwyf yn eich caru chi. Bûm yn hiraethu am gael bod yn wraig i chi, cael bod efo chi am byth. Ond rydych chi'n fy ffieiddio i.'

'Peidiwch â dweud y fath beth,' sibrydodd Bedwyr a'i wyneb yn gwelwi. 'Rydych yn cymhlethu popeth. Does gennych chi ddim hawl i 'ngharu fi. Dwyf i ddim yn eich caru chi...'

'Dim ots!' Edrychodd i ddyfnder ei lygaid llwytlas. Ond yr oedd ganddi ots! Pam na allai o edrych arni un waith — dim ond unwaith — gyda'r fath angerdd ag yr edrychai ar ei gariadon eraill? Doluriai ei chorff mewn ymbil ddistaw a phlyciai pob nerf mewn angen nwydus. O na bawn i'n hardd!

'Peidiwch ag edrych arna i fel yna,' meddai'n gas. 'Mor llawn o demtasiwn. Fyddwch chi'n cofio dim yn y bore.'

Gwyliodd ei wefusau. Yr oedd hi mewn breuddwyd hudolus. Yna roedd yn symud yn ysgafn tuag ato, ei chorff fel pluen, yn ei brin gyffwrdd. Ceisiodd yntau ei gwthio o'r ffordd ond cydiodd ynddo gyda rhyw nerth anghyfarwydd. 'Peidiwch â chloi eich calon, Bedwyr. Cymerwch arnoch fy mod i'n ferch hardd. Dim ond am unwaith.'

Roedd ei wyneb yn wyn ac artaith yn ei lygaid. Ond gydag ochenaid ddiamynedd plygodd i'w chyfarfod gan brin gyffwrdd ei gwefusau â'i rai ef. 'Nos dawch, Ceridwen. Mi fyddwch yn diolch i mi bore fory am beidio â manteisio arnoch chi heno.' Gwthiodd hi i ffwrdd.

Ond nid oedd hi wedi cael digon. Rhoddodd ei dwy law un bob ochr i'w wyneb dengar a'i dynnu i lawr ati. Safodd ar flaenau'i thraed a'i gusanu'n angerddol. Ni chafodd unrhyw ymateb. Yna mentrodd ogleisio'i wefusau â'i thafod yn synhwyrus araf a theimlodd ias o gryndod yn mynd drwyddo.

Yn sydyn gydag ochenaid ddirdynnol tynhaodd ei freichiau amdani ac fe'i cusanodd yn ôl gydag angerdd.

Roedd ei phen yn nofio. Y mwynhad yn ei llesmeirio, ei freichiau cryf yn ei hanwylo'n feistrolgar a thyner. Meddyliodd yn ffwndrus bod ei chorff yn ffitio ei gorff ef i'r dim, ei chorff main hi, ei gorff gwydn ef. Roedd ei wefusau'n mynnu mwy a mwy a hithau'n ymateb yn eiddgar ac yn chwennych mwy a mwy.

'Rwy'n dy garu di,' sibrydodd wrtho, 'amdanat ti y bûm yn aros gydol f'oes.'

Crwydrai'i ddwylo synhwyrus a'i fysedd chwantus dros ei chorff a theimlai Ceri bob gewyn a nerf yn hiraethu amdano.

Am eiliad syllodd ar ei wyneb a sylwi ar y cadernid ynddo, yr aeliau duon, y llygaid glaslwyd cynnes, ei drwyn siapus, ei wefusau llesmeiriol — y cyfan yn creu cynnwrf drwyddi.

Curai ei chalon fel gordd a llithrodd ei dwylo dan ei grys a theimlo'r croen yn llyfn dros ei gyhyrau pwerus. Mwydrid hi gan arogl ei groen ac anadlai'n ddwfn wrth i'w wefusau ei hawlio. Yr oedd ym mharadwys.

Roedd y byd yn troi a'i chorff mewn gwewyr o hiraeth amdano. Gwibiai saethau o nwyd drwy ei chorff wrth deimlo'i fysedd yn llosgi drwy ei gwisg denau ac yn anwylo'i bronnau.

Crwydrodd ei ddwylo'n egr dros ei chluniau a'i thynnu tuag ato. Gwelodd hithau am y tro cyntaf yn ei bywyd ddyn yn ei chwennych.

Agorodd ei llygaid. Roedd ei chalon yn ei gwddf

a llifodd rheswm oer drwyddi. Teimlodd ei stumog yn corddi. 'O Bed...' sibrydodd mewn gwae. Agorodd yntau ei lygaid a'r chwant yn niwl drostynt, ei wallt yn gyrls llaith. 'Beth? O'r nefoedd!'

Ar amrantiad cydiodd ynddi a'i hanner gario, hanner lusgo i'r baddondy, lle y chwydodd hithau'n ddiseremoni — ar ei gwisg, ar y llawr, dros Bedwyr.

Y peth cyntaf a welodd Ceri wrth ddeffro drannoeth oedd pelydrau'r haul yn patrymu'r carped gwyrdd golau. Trodd drosodd yn wan ac estyn am y cloc larwm gan fethu â deall pam nad oedd wedi'i deffro. Ond doedd y bwrdd ddim yno. Dim ond gwacter lle chwifiai'i dwylo. Curai ei phen fel eingion a theimlodd ryw banic annaearol yn ei goddiweddyd. Sut na fyddai Robin wedi'i deffro? Fyddai o byth yn ofer-gysgu. Ceisiodd hel ei meddyliau at ei gilydd. Beth ar y ddaear oedd y papur wal o liw mintys, y ffenestri hir a'r llenni o liw ifori sidan? Eisteddodd fel bollt gan fethu dirnad ym mhle ar wyneb daear yr oedd hi.

Edrychodd ar ei chorff a chafodd fraw ei bywyd. Roedd hi'n noethlymun! Syrthiodd ar y gobennydd a lapio'r dillad gwely amdani wrth geisio cofio beth oedd wedi digwydd. Roedd ganddi gur ofnadwy yn ei phen.

'Rhyfedd eich bod mor swil y bore 'ma,' meddai llais dwfn.

Llamodd o'i chroen bron cyn troi ac edrych ar ochr arall y gwely llydan a gweld Bedwyr yno. Gorweddai'n gyfforddus braf cyn iached â'r gneuen. Gorffwysai un fraich frown y tu ôl i'w ben a'i wallt du wedi'i chwalu'n ddeniadol. Roedd cysgod o farf ar ei wyneb.

'Be sy'n bod? Dyw hyn ddim yn brofiad newydd i chi does bosib?'

Caeodd Ceri'i llygaid ac anadlu'n drwm. Hunllef! Roedd yng nghanol hunllef. Doedd hyn ddim yn digwydd. O na!

Pan agorodd ei llygaid roedd o'n dal yno. 'Sut...? Chi a fi...? Ddaru ni...?' Aeth cryndod drwyddi ac yr oedd ei hwyneb yn ysgarlad.

'Ydych chi ddim yn cofio?' Trodd ar ei ochr ac edrych arni a'i bwys ar un benelin.

Sylwodd nad oedd yn gwisgo crys. Am un eiliad lachar fflachiodd drwy'i meddwl ei fod yntau yn noethlymun. Roedd ei chalon yn ei gwddf a hiraethai am gael neidio o'r gwely ond gan nad oedd ganddi yr un rhecsyn amdani ni allai.

Gwenodd arni'n gyfrwys. 'Wedi eich cornelu, Ceri. Dyna'r gwir.'

'Plis Bedwyr! Beth ddigwyddodd? Pam rydym ni'n rhannu gwely?'

'Ydych chi'n cofio dim?' gwenai'n heriol. 'Dywedwch — faint yn union ydych chi'n ei gofio am neithiwr?'

Llyncodd Ceri'n nerfus. 'Rwy'n cofio cerdded at eich tŷ chi. Roedd o'n edrych yn anferth... Roedd eich teulu i gyd yno... Cymaint o bobl o nghwmpas... Ac wedyn...' Roedd ei gwefusau'n sych, '...ac wedyn mi fûm yn sâl...'

'Dyna'r cwbl?'

'Beth arall allai...?' sibrydodd. Roedd yn llawn braw.

'Ydych chi ddim yn cofio neidio i 'mreichiau i a dweud eich bod yn fy ngharu?'

Aeth fel y galchen.

'Peidiwch â llewygu. Mi wyddwn i'n burion mai'r alcohol oedd yn siarad. Mae rhai pobl yn troi'n ffyrnig ar ôl yfed. Mae rhai'n mynd yn ddagreuol. Eraill yn wirion. Effaith diod arnoch chi mae'n amlwg yw eich gwneud yn gariadus a 'nhemtio i hefo pob math o addewidion...'

Roedd arni eisiau marw. Brathodd ei gwefus isaf i fygu ochenaid ddofn o anobaith. 'Mi gawsoch hwyl iawn am fy mhen i felly.'

'Roeddech chi'n annisgwyl iawn, rhaid cyfaddef,' meddai'n dyner. 'Mi fûm yn amau bod yna angerdd ynoch chi, Ceri, ond wyddwn i ddim sut ferch oedd y wir Geri Prydderch — tan neithiwr. Anodd credu bod merch sy'n ceisio ymddangos mor oeraidd yn medru ymddwyn mor nwydus a diymatal.'

Mynnodd Ceri edrych arno er ei bod yn ofni clywed yr ateb, 'Ai eich syniad chi — neu fi — oedd inni gysgu yn yr un gwely?'

Mor synhwyrus â chath nesaodd Bedwyr ati a chyffwrdd ei grudd yn dyner â'i law gynnes. 'Fy ngwraig i ydych chi,' meddai'n garuaidd. 'Neithiwr oedd noson gyntaf ein mis mêl. Pam na ddylem ni rannu gwely?'

Aeth gwayw o boen drwyddi. Roedd wedi cysgu hefo fo — ond nid oedd yn cofio dim! Oni ddylai fedru cofio profiad mor bwysig â hynny? Oni ddylai deimlo'n wahanol? Yn fwy cyflawn? Ond y cyfan a deimlai oedd panic. 'Chi ddywedodd mai gŵr a gwraig mewn enw'n unig fyddem ni!' llefodd.

'Chi newidiodd yr amodau, nid fi,' sibrydodd yntau'n floesg.

'O Dduw,' meddai'n druenus, eisiau symud oddi wrtho ac eto'n ofni y byddai'r dillad gwely'n llithro oddi arni ac yn codi mwy o gywilydd arni.

Felly. Mi wyddai erbyn hyn nad hi oedd mam Robin. Peth od na fyddai wedi edliw iddi. Beth yn union ddigwyddodd rhyngddynt tybed? Deilliai ei gwybodaeth o gyfrinachau gŵr a gwraig o lyfrau bywydeg, a llyfrau rhamant — llyfrau oedd yn awgrymu llawer ond yn dweud dim mewn gwirionedd. O fel yr hoffai fedru cofio! Ddaru hi fwynhau? Oedd o wedi'i fodloni? Oedd hi wedi'i wneud yn hapus? Ond allai hi byth ofyn iddo. Yr oedd yn fwy a mwy ymwybodol o agosrwydd ei gorff gwydn a phersawr unigryw ei gorff. Dechreuodd grynu fel deilen.

Anwylodd ei fysedd ei gwar a fflachiodd poen ar draws ei wyneb fel pe bai'n ceisio anghofio rhywbeth. Am eiliad edrychai mor ifanc...

Suddodd ei chalon a theimlai'n rhynllyd. Ni allai ei wynebu — roedd arni ormod o gywilydd. Mae'n rhaid nad oedd o'n fodlon neu mi fyddai wedi dweud wrthi debyg. Efallai ei bod hi'n rhy ddibrofiad i roi llawenydd iddo.

'Does dim esgus am beth wnes i neithiwr,' meddai'n ddagreuol. 'Mae'n ddrwg iawn gen i — tae hynny o bwys. Os ydych chi'n disgwyl eglurhad does gen i 'run. Waeth i mi heb â disgwyl i chi ddeall.'

Edrychodd Bedwyr arni a'i lygaid dan len. Yna daeth tro creulon i'w wefus. Symudodd ei law oddi arni fel pe bai wedi'i frathu. 'Welais i erioed neb mor styfnig. Be sy'n bod arnoch chi? Cywilydd eich bod wedi meddwi? Neu am eich bod wedi caru hefo fi?' Roedd gwawd yn ei lais. 'Y gwir amdani yw nad ydych yn cofio dim byd,' saethodd tuag ati.

Daliodd ei hanadl ac agorodd ei llygaid yn fawr gan wae.

'Y ferch fwyaf nwydus fu'n fy mreichiau erioed — a dyw hi'n cofio dim!' Daliodd i syllu arni gan anadlu'n ddwfn. Roedd Ceri mewn penbleth. Yr oedd rhywbeth o'i le. Yna'n sydyn rholiodd i erchwyn arall y gwely gydag ebychiad o wrthuni. 'Peidiwch â phoeni. O mi roeddech chi'n llawn angerdd a diniweidrwydd neithiwr ond fedrwn i ddim anghofio bod fy mrawd wedi eich cael chi gyntaf. Dwyf i ddim yn arfer cymryd sbarion neb. Yr unig reswm pam y bu inni rannu gwely oedd bod Geraint yn sefyllian o gwmpas eisiau gwybod os oeddech chi'n iawn. Bydd yn dawelach ei feddwl os rhown yr argraff ein bod ni'n bâr priod normal am dipyn.'

'Ond...'

Tawelodd hi ag un edrychiad oer. 'Am weddill yr wythnos, hyd nes bydd Mam wedi priodi ddydd Sadwrn, rwy'n bwriadu cysgu yma. Mae'r gwely 'ma'n ddigon llydan i bedwar. Wnewch chi ddim sylwi 'mod i yma...'

Teimlai Ceri'n ddiymadferth o dan ei gwrthban. Byddai'n ymwybodol ohono hyd yn oed ym mhen pellaf y tŷ.

'Does dim rhaid i chi deimlo'n edifar Ceri. Fi sydd yn edifar.' Safodd, ac yr oedd Ceri'n ddiolchgar pan welodd ei fod yn gwisgo trowsus pyjama o sidan du. 'Wrth i chi chwydu'ch bol allan neithiwr fe ddaru chi ddifetha eich gwisg newydd a difetha fy siwt innau hefyd, cyn i chi syrthio'n bentwr diffrwyth a bu rhaid i mi dynnu amdanoch.'

Wrth glywed ei hanadl yn ffrwydro mewn cywilydd meddai'n wawdlyd, 'O mi roeddech chi'n berffaith fodlon i mi wneud ac o dan amgylchiadau gwahanol mi fyddwn wedi mwynhau fy hun. Mae'ch pethau yn y wardrob,' gan daflu amnaid at gwpwrdd mawr y tu ôl iddo. 'Popeth. Mi fûm mor hy â symud eich holl feddiannau ddoe. Dyna beth fûm yn ei wneud, os hoffech wybod. Roedd eich landledi'n falch o glywed na fyddai'n rhaid iddi eich troi dros y trothwy wedi'r cyfan.'

Cododd ei phen ac yr oedd ar fin dweud rhywbeth pan dorrodd ar ei thraws, 'Peidiwch â gwadu. Cafodd flas arbennig wrth gael dweud wrthyf eich bod ar fin bod yn ddigartref.'

Suddodd pen Ceri i'w phlu. Yr oedd wedi llwyr ymlâdd. Ni allai ddweud dim. Nid oedd pwynt mewn dweud dim.

'Pe baech wedi aros ychydig funudau yn y swyddfa...' Roedd ei lais yn fain gan boen. 'Doeddwn i ddim yn disgwyl i chi orfod ffeindio eich ffordd adre ar eich pen eich hun. Roedd Mam wedi trefnu parti priodas bychan i'r teulu a chyfeillion agos, ond pan gyrhaeddais yn ôl o'r swyddfa yr oedd fy mharagon fach annibynnol wedi diflannu.'

Neidiodd Ceri mewn dryswch. 'Ond... roeddwn i'n meddwl... bod gennych chi ddêt hefo Angharad Wynn... fe wnes y trefniadau...'

'Mae'n amlwg nad oes gennych chi ddim parch i mi, Ceri. Ar ddydd ein priodas!'

'Ond... y rhosod gwynion anfonwyd...'

'Rwyf yn anfon blodau i bob math o ferched am lawer o resymau gwahanol. Does dim rhaid i mi orfod egluro popeth i chi hyd yn oed os ydych yn digwydd bod yn wraig i mi.'

Syllodd arno mewn penbleth. 'A doeddech chi ddim yn bwriadu ciniawa hefo Miss Wynn er mwyn gwneud i mi deimlo'n anhapus?'

Gyda thro yn ei wefus meddai, 'Wel, mae'n amlwg nad oes gennych chi ddim ffydd ynof i... o leiaf gwn ble rwy'n sefyll. Na doeddwn i ddim yn bwriadu gwneud ffŵl ohonoch chi o gwbl. Chi sy'n ansicr ohonoch eich hun. Mae Angharad Wynn yn un o'n cwsmeriaid gorau ac archebu bwrdd ar ei chyfer hi a Gwynn Jenkins, yr is-gadeirydd, wnaethoch chi. Dyna'r unig esboniad gewch chi... a'r tro olaf y byddaf yn mynd i'r drafferth i egluro i chi.'

Aeth ton o edifeirwch drwyddi. Pe bai hi heb fod mor fyrbwyll â'i gamfarnu gallasai ddoe fod wedi bod yn ddiwrnod perffaith. Sawl gwaith yr oedd hi wedi gwneud rhywbeth tebyg? Roedd y distawrwydd rhyngddynt yn llethol ac yna mewn llais bregus meddai, 'Mae'n ddrwg gen i...'

'Mae'n ddrwg gen innau hefyd, Ceri.' Ochneidiodd

Bedwyr a chribodd ei wallt â'i fysedd. 'Rwy'n awgrymu eich bod yn dod allan o'r gwely yna a gwisgo. Mae'n hen bryd i chi godi a mynd i weld ein mab. Does mo'ch angen yn y swyddfa heddiw. Mae gennych ddigon o waith yma heddiw yn gwneud yn siŵr bod Robin yn cynefino.'

Gwyliodd ef yn cerdded i ffwrdd a gwyddai bod y bwlch rhyngddynt wedi lledu a hynny oherwydd camddealltwriaeth. Pam y bu iddi ei gamfarnu? Pam gweld ei ochr ddrwg trwy'r amser? Pam roedd hi mor ddall, mor ystyfnig, mor falch...

Pennod 9

Llifai parchedig ofn drwy Ceri fel y cerddai i lawr y grisiau urddasol. Sut ar y ddaear y medrai ymddiheuro i'w theulu newydd heb wneud mwy o ffŵl ohoni ei hun? Suddai ei thraed yn ddistaw i'r carped o liw wystrys ar y grisiau llydan gyda'r erchwyn marmor. Gorfododd ei hun i symud a sychodd y chwys ar ei dwylo ar ei gwisg gotwm las.

Roedd ganddi gur y tu ôl i'w llygaid a chollai ei hunan-hyder bob cam. Roedd allan o'i helfen. Gallai ddychmygu merched eraill y teulu Dyrnwal yn cerdded yn osgeiddig i lawr y grisiau hyn. Beth ar y ddaear oedd hi'n ei wneud yn y fath le? Roedd hi'n drwsgl, yn blaen, yn ddibrofiad. Byddent yn chwerthin am ei phen. Roedd y cyntedd yn enfawr gyda chanhwyllbren o risial wrth gadwyn aur yn crogi o'r nenfwd a phelydrau haul y bore yn taflu enfys o liwiau ar y llawr marmor sglein.

Roedd amryw o ddrysau agored yn arwain ym mhob cyfeiriad o'r cyntedd ac i'r chwith gallai weld ystafell anferth yn llawn o heulwen llachar a chadeiriau chwaethus a soffas a byrddau — oll wedi'u gosod yn ofalus o gwmpas lle tân ysblennydd o farmor. Roedd mat dwyreiniol o liwiau euraid ar y llawr a llenni eurwyrdd ar y ffenestri uchel. Ym mhen draw'r ystafell yr oedd drysau Ffrengig yn arwain i oriel o wenithfaen a gardd rosynnau yr ochr arall.

Doedd neb yno ond gallai ddarlunio'r bobl oedd yno neithiwr: merched prydferth mewn dillad drud, dynion golygus mewn siacedi melfed yn yfed — beth? Roedd hi mor ddiniwed ni wyddai beth fyddai dynion yn ei yfed fin nos! Nid cwrw mae'n siŵr.

'S'mai, Ceri,' torrodd llais swynol ar draws ei

meddyliau gofidus. 'Luned ydw i. Mae'n debyg nad ydych yn cofio fy ngweld neithiwr.'

Trodd fel procer gan anadlu'n ddwfn ac wrth weld Luned agorodd ei cheg mewn syndod.

Merch dal osgeiddig oedd Eiluned gyda chapan o wallt du cyrliog yn fframio'i hwyneb a'i llygaid glas yn disgleirio'n ddireidus. Gwisgai bâr o jîns oedd wedi gweld dyddiau gwell a chrys chwys coch llachar gydag arwyddlun yr Urdd arno. Roedd ganddi chwerthiniad cyfoethog a diffuant. 'O fedra i byth ddweud wrthych pa mor ddiolchgar wyf i chi. Diolch i chi am briodi Bedwyr! Gwn mai eich gorfodi gawsoch chi — ond roeddych yn rhy berffaith iddo adael i chi lithro drwy'i fysedd!'

Syllai Ceri'n syn. Roedd wedi meddwl y byddai chwaer Bedwyr yn debyg i'w mam — yn grand ac uchel ael, ond yr oedd agwedd gyfeillgar y ferch hon wedi'i llorio. Gwyddai'n reddfol bod yr eneth ddwy ar bymtheg hon yn un gwbl ddiffuant a difeddwl-ddrwg.

'Roeddym ni i gyd wedi bod yn ofni mai rhyw fodel ffroenuchel fyddai Bedwyr yn ei briodi, rhywun fyddai'n disgwyl tendans drwy'r dydd, yn bwyta cafiar i frecwast a siampên bob nos. Ac yn gwario'i bres i gyd ar ddillad a gemau! Pan soniodd Bedwyr am yr ysgrifenyddes anhygoel oedd ganddo — merch gyffredin run fath â fi — fe ddaru ni i gyd fynd i'w ben a dweud y dylai eich priodi. Wnewch chi faddau inni?' Winciodd arni, heb unrhyw arwydd o edifeiriwch. 'Fydd dim rhaid i chi wneud dim gwaith tŷ. Mi wnawn bopeth i'ch gwneud yn gartrefol a dangos ein gwerthfawrogiad.' Rhoddodd ei braich am ysgwydd Ceri a'i harwain at y drysau Ffrengig. 'Mae Mam yn yr ardd hefo Robin. Mae hi wedi gwirioni'n lân.' Ni wyddai Ceri beth i'w ddweud gan fod ei phen fel chwrligwgan yn wyneb y fath garedigrwydd. Dim gair o edliw. Siaradai Luned fel melin bupur.

'A! dyma chi ferched.' Roedd Mrs Dyrnwal yn eistedd ar gadair wiail a Robin ar ei glin. 'Mae Robin a minnau'n dod i 'nabod ein gilydd.' Gwenodd yn wresog gan ei gofleidio cyn ei estyn i Ceri.

Daeth dagrau i lygaid Ceri. 'Mrs Dyrnwal, ynglŷn â neithiwr...'

'Does dim angen esbonio.' Chwifiodd ei llaw i arwyddo nad oedd angen i Ceri ymddiheuro. 'Does dim eisiau i chi bryderu o gwbl. Mae Bedwyr wedi egluro. Dwyf i'n synnu dim a chwithau wedi bod yn rhy nerfus i fwyta dim drwy'r dydd. Mae pawb yn falch eich bod wedi dod atoch eich hun. Un teulu mawr ydym ni yma cofiwch felly wnewch chi 'ngalw i'n Olwen, os gwelwch yn dda?'

'Dwedwch wrthi beth wnaeth Robin y bore 'ma,' chwarddodd Luned. 'Fe boerodd ei fwyd i gyd i wyneb Bedwyr!'

Edrychai Mrs Dyrnwal yn fodlon. 'Dyna'r peth gorau allai ddigwydd. Roedd Luned newydd roi bath i Robin a gofyn i Bedwyr afael ynddo tra oedd hi'n chwilio am glwt glân.' Gwenodd yn braf. 'Ac fe ddaeth brecwast Robin i gyd i fyny dros siwt Bedwyr.'

'O na!' Gallai Ceri ddychmygu ei ymateb.

'Mi ddylech fod wedi'i weld!' Chwarddai Luned wrth fwynhau dweud yr hanes. 'Mi safodd am funud wedi'i barlysu. A wedyn dyma fo'n dechrau chwerthin nes oedd y dagrau'n powlio. Mi ddywedodd ei fod yn tynnu ar ôl ei fam — ei bod hithau wedi gwneud rhywbeth tebyg y noson cynt...'

Roedd ar Ceri eisiau i'r ddaear ei llyncu, ond yr oedd ei mam-yng-nghyfraith yn chwerthin yn iach. 'A nid dyna ddiwedd yr hanes,' meddai Luned. 'Mi fynnodd Bedwyr roi bath arall i Robin ar ei ben ei hun. Ac mi fynnodd brofi gwres y dŵr hefo'i benelin!'

Safai Ceri fel delw yn ceisio dychmygu Bedwyr yn

gwneud y fath beth. Yr oedd ei holl syniadau am Bedwyr, ei phennaeth, — a Bedwyr ei gŵr — yn simsanu. A hithau wedi meddwl amdano fel rhyw fath o Ddafydd ap Gwilym! Gorfoleddai Olwen Dyrnwal yn ddistaw wrth weld penbleth Ceri. 'Mae o'n dechrau cael blas ar fod yn dad. Mi wyddwn y gwnaech chi les iddo fo, Ceri! Reit 'merch i, dowch i weld stafell Robin ac yna gwell i chi gael tamaid o frecwast, mae'n siŵr eich bod ar eich cythlwng. Mae Bedwyr wedi mynd i'w waith, a tydi o ddim yn eich disgwyl chi i mewn heddiw. Mae gen i gynlluniau ar gyfer y pnawn 'ma, os ydych yn teimlo fel gwneud rhywbeth.' Roedd Ceri'n dechrau teimlo'n gartrefol yng nghwmni'r wraig garedig a dilynodd hi gan geisio cuddio'i syndod wrth weld yr holl stafelloedd ysblennydd.

'Mae'n siŵr y byddwch chi ar goll am dipyn ond rwyf eisiau i chi gofio un peth yn anad dim sef mai cartref yw'r tŷ hwn. Mae yma bethau costus, pethau hardd a phethau sydd o werth sentimental — ond y teulu yw'r peth pwysicaf. Os cofiwch hynny, mi fyddwch yn siŵr o fod yn hapus.'

'Rydych yn garedig dros ben, Mrs Dyrnwal — pawb ohonoch chi — dwyf i ddim yn eich haeddu.'

''Merch fach i, mae'n bryd i chi anghofio'r gorffennol a'i bryderon. Mrs Bedwyr Dyrnwal ydych chi rŵan cofiwch ac yr wyf i a'r plant yn meddwl eich bod yn dipyn o bluen yn ei het. Wrth feddwl am rai o'r merched y bu Bedwyr yn...' Cododd ei hysgwyddau mewn arswyd. 'Wnewch chi adael i mi edrych ar eich ôl chi am ychydig oriau?'

Meddai Ceri'n swil, 'Mi wn y medrwch ddysgu llawer i mi Mrs Dyrn... Olwen. Mi fuaswn yn ffŵl i wrthod.'

Pe byddai wedi sylweddoli pa gynlluniau oedd gan Mrs Dyrnwal ar droed mi fyddai wedi gwrthod.

Disgwyliai gael ei thywys o gwmpas y tŷ a chael cyfarfod Mrs McPherson, yr howsgipar, a'r gweinwyr eraill, neu gael darlith efallai ar sut i redeg tŷ mor fawr yn esmwyth. Yn hytrach cafodd sioc pan ruthrodd Geraint, Gawain, Cai a Luned i mewn i'r stafell frecwast a dweud bod y gyrrwr yn barod amdanynt. Gwenodd Mrs Dyrnwal ar ei phlant. 'A peidiwch â phoeni am Robin, mae o mewn dwylo diogel.'

'I ble'r ydym ni'n mynd?' gofynnodd Ceri braidd yn ofnus.

'Syrpreis!' meddai Geraint.

'A pheidiwch â phryderu am y gyrrwr,' meddai Cai, 'syniad Bedwyr oedd hwnnw. Mae ganddo ffrind sy'n berchen gwasanaeth ceir moethus ac fe'i perswadiodd i wisgo ffurfwisg i fynd â chi i'r dre. Y munud y byddaf i wedi llwyddo yn fy mhrawf gyrru, fi fydd yn mynd â chi o gwmpas!'

Gwridodd Cai pan ddiolchodd Ceri iddo. 'Rwy'n gwneud fy ngorau i fod yn gwrtais,' meddai a gwên wirion ar ei wyneb.

'Rydych i gyd yn gwrtais iawn.' Roedd ei gwên yn un gynnes fel y dilynodd ei mam-yng-nghyfraith i'r car.

Ond wedi cyrraedd pen ei thaith yr oedd Ceri'n teimlo'n annifyr. 'Mrs Dyrnwal, mi wn mai eisiau bod yn glên yr ydych chi...'

'Twt, gadewch i mi gael fy ffordd fy hun am ychydig,' a gwthiodd Ceri i salon foethus a dethol. 'Mi wn beth sydd orau.' Trodd at y perchennog oedd yn hofran ac yn amlwg yn disgwyl amdanynt. 'Wel, Arfon, dyma hi. Beth yw eich barn?'

Edrychodd y gŵr tal ar Ceri'n feirniadol, yn cusanu gofidiau a gafael yn ei gwallt. Yna gwenodd. 'Medraf drawsnewid y ferch hon!'

'Mi wn y medrwch, Arfon,' meddai Mrs Dyrnwal.

'Yn anffodus y mae Ceri wedi byw yng nghysgod chwaer brydferth ac wedi darbwyllo'i hun nad oes ganddi unrhyw rinweddau corfforol o gwbl. Rwyf am i chi ei pherswadio'n amgenach.'

'A! Gadewch bopeth i mi.'

'Rwy'n mynd i wneud tipyn o negesa. A chofiwch wrando ar gyngor Arfon, mae o'n feistr ar ei grefft.'

Yng nghwrs yr oriau canlynol gwelodd Ceri fyd hollol anghyfarwydd. Awgrymodd Arfon steil gwallt a fyddai'n gweddu'n well i siâp ei hwyneb. Bu llawer o chwifio dwylo a thrafod siswrn, a siaradai'n ddiddiwedd gan ddweud wrthi'n union beth oedd yn digwydd. Torrwyd ei gwallt ac yna'i bermio'n ysgafn er mwyn i'r tonnau fframio'i hwyneb a disgyn yn ysgafn dros ei hysgwyddau. Gyda thipyn bach o lifo llwyddodd Arfon i ddenu'r wawr goch dywyll oedd yn ei gwallt — er nad oedd Ceri erioed wedi sylweddoli o'r blaen ei fod yno. Triniwyd ei hewinedd, meinhawyd ei haeliau ac fe gafodd wersi ar sut i'w choluro ei hun — hufen sylfaen, lliwio'i hamrannau, gwrido'i gruddiau a minliwio.

Ond nid oedd Ceri yn mwynhau ei hun. Tybiai nad oedd hi i'w chymharu â'r merched hardd eraill ym mywyd ei gŵr. Rhith yn unig oedd y paent.

Wedi i Arfon a'i lu gwasanaethyddion orffen aed â Ceri at y drych. Syllodd yn fud am eiliadau hir. Gwelai wraig ifanc gyda llygaid mawr glas, amrannau trwchus tywyll, croen difefl o liw hufen wedi'i fframio â gwallt tonnog gwawrgoch. Cyffyrddodd y drych yn swil â'i llaw. 'Fi yw hon?' meddai'n syn wedi'i llwyr syfrdanu.

Gwenodd Arfon. 'Mae llawer merch wedi cael ei chyflyru i feddwl nad yw hi'n hardd, ond y cwbl sydd ei angen yw tipyn o gyngor proffesiynol.'

Trodd ato'n wylaidd, 'Ydw i'n hardd Arfon?'

'Edrychwch, Mrs Dyrnwal. Nid yw'r drych yn dweud celwydd.'

Edrychodd Ceri unwaith eto ac yna lledodd gwên lydan ar draws ei hwyneb, 'Ydw! O ydw!'

Chwarddodd yntau wrth ei fodd. 'Dim ond cychwyn ydi hyn. Y peth nesaf yw magu hunan-hyder. Mae harddwch yn rhywbeth mwy na wyneb pert wyddoch chi, mae'n ffordd o fyw, yn deimlad. Os ydych chi'n credu ynoch chi eich hun, yn gosod gwerth arnoch eich hun, mi fydd pobl eraill yn gwneud yr un peth. Dowch inni fynd i chwilio am eich mam-yng-nghyfraith.'

Roedd Olwen Dyrnwal wrth ei bodd pan welodd hi. 'Roeddwn i'n berffaith gywir,' meddai gan syllu ar Ceri mewn llawenydd.

Llifodd ton o gynhesrwydd drwy Ceri a chusanodd Olwen yn ysgafn. 'Diolch. O! diolch yn fawr i chi!'

'Mi fydd gweld ymateb Bedwyr yn ddigon o ddiolch i mi,' meddai'n wên o glust i glust, 'ŵyr o ddim pa mor lwcus ydi o.'

'Hwnnw fydd y maen prawf, onide?'

Ond yr oedd ymateb Bedwyr yn hollol annisgwyl.

Safai Ceri wrth got Robin yn y stafell fechan drws nesaf i'w llofft hwy pan ddaeth Bedwyr adre o'i waith. Roedd yn suoganu i Robin pan welodd Bedwyr yn dod tuag ati. Roedd wedi diosg ei gôt a'i dei ac wrthi'n datod botymau ei grys pan safodd yn stond. Gyda'i lygaid treiddgar edrychodd ar ei gwallt tonnog, a'i hwyneb. Gwisgai wisg newydd o shiffon lliw'r eigion oedd yn arddangos ei chorff siapus a'i gwasg fain i berffeithrwydd.

Heb yngan gair daeth yn nes ati heb dynnu'i lygaid oddi arni. Edrychodd arni o'i phen i'w thraed. Yna chwarddodd. Taflodd ei ben yn ôl a chwarddodd yn hir ac yn gras.

'Syniad pwy oedd hyn?' gofynnodd yn annymunol, ei wefusau'n un llinell greulon. Aeth gwrid poeth o ddicllonedd drwy Ceri a throdd i ddianc, ond gafaelodd yn ei gên â'i fysedd o ddur a'i gorfodi i edrych i gannwyll ei lygaid. 'Beth ydych chi'n ddisgwyl i mi ei wneud? Dweud bod gen i wraig hardd a 'mod i am anghofio'r holl ferched eraill yn fy mywyd?'

Aeth at ei chalon ond ymwrolodd a dweud, 'Nage Bedwyr. Byddai hynny'n gofyn gormod. Er fy mwyn fy hun mae hyn — nid chi.'

'Peidiwch â dweud celwydd! Un o syniadau lloerig Mam yw hwn er mwyn i mi syrthio mewn cariad hefo chi! Mae hi mor rhamantus!' Roedd ei lais yn llawn dirmyg. 'Roeddwn yn meddwl fod gennych chi fwy o synnwyr. Rydych yn gwastraffu'ch amser.'

Er mawr ofid i'r teulu aeth Bedwyr allan y noson honno a phan ddaeth adre berfeddion y nos symudodd ei ddillad i stafell wely ym mhen arall y tŷ.

Geraint oedd yr un a'i cymerodd dan ei adain ac er i Ceri feddwl y byddai ei bywyd yn annioddefol synnodd pan sylweddolodd ei bod yn ei mwynhau ei hun. Roedd y teulu wedi cael rhyw fath o eglurhad gan Bedwyr, er na wyddai hi beth. Prin y gwelid ef ar y min nosau ar ei fod yn ddigon moesgar â hi yn y swyddfa.

Gallai hithau ddygymod â hynny.

Yr unig adeg pan deimlai ar goll oedd wrth ei weld hefo Robin. Yr oedd yn hollol wahanol, yn dyner a gofalus. Ni allai ei ddeall o gwbl.

Ganol nos un noson tybiodd iddi glywed Robin yn crio a rhedodd i'w stafell. Safodd yn stond pan welodd Bedwyr yno yn ei jîns a'i grys gwlanen yn cysuro Robin yn ei freichiau. Doedd hi erioed wedi'i weld wedi'i wisgo mor ymlaciol. Edrychai mor ifanc — ac mor ddiymgeledd rywsut.

'Hunllef fechan,' meddai'n dawel. 'Mae'n ddrwg gen i eich bod wedi cael eich styrbio. Mi geisiais ei dawelu.'

Safai Ceri yn y drws yn ei choban gotwm wen, yn droednoeth a'i gwallt yn bentwr dryslyd dros ei hysgwyddau. 'Doeddwn i ddim yn siŵr beth oedd y sŵn...' meddai'n ffwndrus. Teimlai fel cuddio, ond ei gŵr oedd hwn...

Edrychodd Bedwyr arni yn y distawrwydd a'i lygaid yn ei thrywanu. Ni allai Ceri ddehongli'r olwg ynddynt. Yna trodd yn ôl at y plentyn a oedd erbyn hyn yn pendwmpian yn ei freichiau. 'Ar adegau fel hyn rwyf yn medru darbwyllo fy hun mai fi piau Robin,' meddai'n drist.

A minnau hefyd — dyna aeth drwy ei meddwl. Ond ni fedrai ddweud hynny wrtho. Aeth ei cheg yn sych a chrynai ei gwefusau. Llwyddodd i ddweud mewn llais egwan, 'Eich mab chi ydi o, Bedwyr — yn gymaint â minnau.'

Roedd ei wefusau'n wyn wrth osod Robin yn ôl yn ei got a lapio'r dillad amdano'n ofalus. Yna edrychodd ar Ceri a'i lygaid yn tanio, 'Nage, Ceri.' A cherddodd allan.

Yn achlysurol, yn arbennig yn ystod y Sadwrn a'r Sul, pan gâi gip arno'n cerdded ar draws y lawntiau neu yn yr ardd rosod gyda Robin yn ei freichiau, teimlai Ceri'r unigedd yn ei llethu. Roedd Robin yn dechrau cerdded a pharablu erbyn hyn ac ni wyddai Ceri pa un ai gorfoledd ynteu siom a deimlai pan ynganodd ei air cyntaf: 'Dadi!' ac y mentrodd ei gamau simsan cyntaf at y dyn oedd yn gyfrifol am y fath newid yn ei fywyd bach.

Gwyliai Ceri nhw o bell. Hi oedd piau Robin weddill yr wythnos gan nad oedd Bedwyr byth adre cyn hanner nos ac yr oedd wedi codi a diflannu gyda'r wawr. Ni thorrent air â'i gilydd.

Priodwyd Olwen mewn sbloet o lawenydd ac yr oedd wedi bod yn bwrw'i swildod yn y Caribi am fis pan ddychwelodd Meg o'r Eidal a tharfu ar fywyd trefnus Ceri.

Roedd yn tynnu at hanner dydd a Cheri newydd orffen teipio llythyr pan agorodd drws ei swyddfa â rhyferthwy. Safai Meg yno yn ei holl ogoniant a meddyliodd Ceri pa mor wirion yr oedd hi'n ymddangos yn ei chôt finc ar ddiwrnod mor boeth.

'Meg! Dyna braf dy weld. Rwyt yn edrych yn fendigedig!'

'A thithau,' meddai Meg yn chwerw wrth syllu ar Ceri yn ei gwisg o liain main. 'Mi ddywedodd Bedwyr na fyddwn yn dy nabod ac mi roedd o'n iawn.'

'Bedwyr?' Gwywodd gwên Ceri.

'O mae Bedwyr wedi dweud llawer o bethau wrthyf i'n ddiweddar. Rydw i wedi bod allan am ginio hefo fo bob nos yr wythnos hon.' Gwyliodd Meg y gwrid yn diflannu o ruddiau ei chwaer a theimlodd yn wenwynllyd fodlon. 'Wyddet ti mo hynny mae'n amlwg. Ac mi rydw i'n mynd allan am bryd ganol dydd hefo fo heddiw i ti gael gwybod. Ddaru o anghofio dweud wrthyt ti?'

Brwydrodd Ceri am ei hunan-feddiant. 'Do siŵr iawn — mi anghofiais yn lân.'

'Paid â gwamalu!' Daeth Meg at ei desg. 'Paid ag actio hefo fi. Mae o'n mynd â merched eraill allan yn aml. Mae o wedi blino arnat ti'n barod. Mi wnes ei rybuddio fo mai methiant llwyr fyddai eich priodas chi — rwyt ti'n dwp Ceri.'

Fferrodd Ceri. 'Ydw, mi wn!'

'Fi ddylai fod yn wraig i Bedwyr!'

'Pe baet ti heb amharu ar dystysgrif geni Robin...'

Chwarddodd Meg yn wawdlyd. 'O na! Dyna'r peth callaf wnes i erioed. Dyna pam mae Bedwyr yn dy ffieiddio di gymaint — am mai Peredur gafodd di gyntaf! Dyna i ti jôc!'

'Dim ond ti fyddai'n gweld hiwmor yn y sefyllfa.' Roedd calon Ceri fel talp o rew. 'A dwyt ti ddim yn mynd i ddweud y gwir wrtho fo wrth gwrs. Mai *ti* oedd meistres Peredur...'

'A'i weld o'n troi yn f'erbyn i? O na, Ceri! Ti yw mam y crwt. Ddywedaf i byth air yn amgenach.'

Ochneidiodd Ceri'n ddwys, yn methu â deall agwedd Meg. 'Allaf i ddim deall pam rwyt ti'n mwynhau 'ngweld i'n dioddef. Pam?'

Yr oedd crechwen ei chwaer yn llawn buddugoliaeth. 'Hy! Ti a'th synnwyr cyffredin, yn meddwl dy fod mor blwmin parchus. Beth wyddet ti am fywyd? Roedd Mami ar fai yn gofyn i ti edrych ar f'ôl i; y cwbl wnest ti oedd cymryd drosodd a dweud wrthyf sut i fihafio. Mi gefais ti weld!'

Anadlodd Ceri'n araf. 'Nid busnesa oeddwn i, Meg druan, ond gofalu am dy les di.' Diflannodd ei dicter. 'Mae'n ddrwg gen i, Meg. Pe bawn i'n cael ail gyfle mi wnawn bopeth yn wahanol. Rwyf wedi newid llawer ar ôl dod yn aelod o'r Teulu Dyrnwal cofia. Mi wn erbyn hyn beth yw ystyr cynhesrwydd teulu a chariad.'

'Yr unig reswm pam y priododd Bedwyr di oedd i gyfreithloni Robin. Nid yw'n dy garu.'

'Mi wn i hynny, Meg. Ond mae gweddill ei deulu yn fy ngharu. Mae gennym drefniant hollol deg, rwyf i'n gofalu am ei deulu ac y mae yntau'n cadw Robin a minnau.'

'Dwyt ti erioed yn dweud dy fod yn fodlon ei rannu hefo'r giwed plant yna yn ogystal â Duw ŵyr faint o gariadon.' Rhaid oedd i Meg gael troi'r gyllell yn y briw. 'A minnau'n meddwl bod gen ti fwy o hunanbarch.'

'Fedri di byth ddeall.' Roedd Ceri'n dechrau crynu.

'Dwyf i ddim yn dwp. Ti sy'n dwp. Dy ddefnyddio di mae o.'

Gwibiodd poen drwy ymysgaroedd Ceri. 'Does dim angen i ti ddweud, mi wn i hynny'n iawn.' Yr oedd dagrau'n cronni yn ei llygaid a bu'n brwydro'n ddewr i gadw rheolaeth arni hi ei hun.

'Wel wel! Rwyt mewn cariad â fo! Yr hen Geri Prydderch ddiniwed wedi meiddio syrthio mewn cariad hefo Bedwyr Dyrnwal!' Yr oedd Meg yn gegrwth. 'Sut yn y byd y gallet ti?'

Anadlodd Ceri'n ddwfn a theimlodd ei balchder yn chwyddo o'i mewn. 'Sut y gallwn i? Wyt ti'n meddwl mai braint yr hardd yw cariad? Wyt ti'n meddwl nad oes gan ferch gyffredin deimladau yr un fath â phawb arall?' Fflachiai ei llygaid gleision yn ei hwyneb llwyd. 'Ydw, Meg, rwy'n caru Bedwyr. A wyddost ti ddim byd am y profiad hwnnw. Yr unig beth wyddost ti amdano yw sut i droi dŵr i'th felin dy hun. Derbyn fyddi di bob amser, nid rhoi. Dwyt ti erioed wedi rhoi dim byd i neb.'

'Hy! Merthyr wyt ti o ran natur Ceri. Yr hen Geri druan a phawb yn dibynnu arni. Nid arnaf i yr oedd y bai dy fod wedi gorfod gweithio mor galed. Deffra da thi! Mae dy chwaer fach yn gan mil mwy profiadol nag wyt ti. Wyt ti'n meddwl bod Bedwyr yn gwerthfawrogi d'aberth di? Rwyt ti'n embaras llwyr iddo, dyna'r gwir amdani.'

Sadiodd Ceri ei hun. 'Be sy Meg? Dim ond prin fis sydd ers i ti briodi Nicolas. Wyt ti wedi blino arno fo'n barod?'

Trodd Meg arni fel teigres. 'Yr hen fwbach! Tydi o ddim yn ddigon cyfoethog. Gan ei dad y mae'r holl arian. Byw ar lwfans y mae Nic.'

'O rwy'n gweld,' meddai Ceri'n llawn cydymdeimlad â Nic druan. 'Oedd o ddim wedi sylweddoli mai ar ôl ei bres o oeddet ti?'

'Bedwyr yw'r un i mi,' meddai Meg a'i llais fel ellyn.

Edrychodd Ceri arni. 'Ond does ar Bedwyr mo d'eisiau di. Mae o'n ŵr i mi.'

'Gad iddo fynd. Ble mae dy falchder di? Paid ag aros iddo ofyn i ti fynd.'

'O, wnaiff o mo hynny.' Wedi'r cyfan, meddyliodd, pam y dylai ofyn iddi fynd. Yr oedd yn fywyd braf ar Bedwyr; rhes o gariadon a minnau'n dweud dim. Rwy'n cael fy nhalu'n anrhydeddus am anwybyddu ei anturiaethau carwriaethol.

'Fe'i gorfodaf i'th adael,' meddai Meg yn gas.

'Nid y ti fydd y cyntaf na'r olaf i drio.' Yr oedd llais Ceri'n hollol ddigyffro. 'Efallai ei fod o'n mynd â llawer o ferched eraill allan — ond fi ydi'i wraig o. Fedri di ddim gwadu hynny.'

'Mi gei di weld.'

Ac mi gafodd Ceri weld. Am bedair wythnos arteithiol fe geisiodd guddio'i theimladau a Bedwyr yn edrych yn fwy deniadol nag erioed. Hiraethai amdano'n barhaus. Darganfu mai meistr caled oedd cariad. Ond er ei gwaethaf yr oedd ei chariad tuag ato'n tyfu beunydd.

Profiad poenus oedd sylwi nad oedd Bedwyr yn malio dim amdani, ond nid oedd yn mynd i gystadlu â Meg amdano. Yr oedd o leiaf yn ddiolchgar nad oedd y ddau yn cyfarfod y tu ôl i'w chefn.

Â'i hwyneb fel masg o rew byddai'n archebu bwrdd i'r ddau mewn gwestai drud, yna anfon blodau a phrynu gemau i fodloni gwanc Meg am foethau.

Yn aml iawn yn ystod yr wythnosau hynny byddai Bedwyr yn dod at ei desg ac yn syllu arni ond heb yngan gair. Yr oedd fel pe bai yn ei herio i gwyno am ei ymddygiad ef a Meg. Syllai hithau'n ôl arno a'i daflu oddi ar echel.

Un pnawn poeth ym mis Awst daeth i'w swyddfa ac yr oedd ar fin cerdded heibio heb ddweud gair pan safodd am ryw reswm ac edrych arni'n fud. Eisteddai hithau fel delw yn edrych arno.

'Does dim byd yn eich gwylltio chi,' meddai'n wawdlyd, 'ddim hyd yn oed eich chwaer fach hunanol.'

'Mi fyddech yn synnu,' meddai hithau'n gyfrwys gan estyn pentwr o bapurau iddo. 'Mi ofynnodd Alcwyn Morys i mi roi'r rhain i chi.' A throdd yn ôl at ei theipiadur. 'Cadwch draw oddi wrth yr hen gena drwg yna,' meddai yntau'n gras a'r gwres yn tanio'i wyneb. 'Cofiwch eich bod yn wraig i mi.'

'Ddim yn y swyddfa hon,' atebodd Ceri'n gytbwys ac edrych arno a'i llygaid fel dau lyn o rew.

Llamodd yntau heibio iddi ac agor drôr isaf ei ddesg. Gwyliodd Ceri ef yn syn wrth iddo agor ei bag llaw a thaflu'i gynhwysion blith draphlith ar hyd y ddesg.

'Ble mae hi?' meddai.

'Ble mae be?'

'Eich modrwy!'

Heb aros i feddwl neidiodd Ceri oddi wrtho a'i llaw'n llamu'r reddfol at ei gwddf.

Aeth ati a'i lygaid yn sgleinio pan welodd y gadwyn aur am ei gwddf. 'Chwarae teg i chi am ei gwisgo mor agos at eich calon. Wyddwn i ddim bod gennych gymaint o feddwl ohoni!'

Gafaelodd yn y gadwyn a'i thynnu'n chwyrn a thorri'r dolennau cain. Teimlodd Ceri ei modrwy'n llithro i lawr i'w bra. Dechreuodd yntau chwerthin. Rhythodd arno pan roddodd ei law i lawr ei gwisg i chwilio amdani ac am eiliad syllodd yn syth i'w llygaid. Ni allai Ceri reoli'r ias o gryndod a aeth drwyddi. Diflannodd dicllonedd Ceri a theimlai fflam o angen yn saethu drwyddi.

''O Dduw, Ceri...' Toddodd yntau.

Crynai fel deilen. Gafaelodd yn ei arddwrn i atal y bysedd oedd yn ysu ei bronnau.

'Peidiwch!' meddai.

'Rydych yn wraig i mi!' meddai yntau'n ddrylliog.

'Ddim yn —' Mygwyd ei geiriau gan ei wefusau'n hawlio ei rhai hi'n nwydus. Teimlodd y düwch yn chwyrlio o'i chwmpas ac am ennyd orffwyll ceisiodd ei rwystro ond buan yr ildiodd iddo. Wedi'r cyfan, — dyna beth y bu'n hiraethu amdano ddydd a nos. Darfu'r ochenaid fel y pwysodd yn ei erbyn, ei chorff yn ymdoddi i'w gôl. Yr oedd hi fel pyped, heb asgwrn, heb ewyllys, yn eiddo iddo, câi wneud fel y mynnai â hi. Aeth ei breichiau amdano ac anwylodd ei ben a suddo'i bysedd yn ei wallt tywyll trwchus.

'O Ceri!' griddfannodd. 'Ceri!'

Gwyddai Ceri y byddai'n edifar ond ar y funud nid oedd dim arall yn cyfrif. Hi a'i piau.

'Ceri,' meddai pan deimlodd y dagrau hallt yn llifo i lawr ei gruddiau. 'Peidiwch â chrio. Plis peidiwch â chrio.' Cusanodd ei gwddf. 'All pethau ddim mynd ymlaen fel hyn...'

Sythodd Ceri mewn ofn. Ai dyma'r diwedd? Oedd Meg wedi ennill?

Rhoddodd Bedwyr y fodrwy am ei bys a gafael yn dynn ynddi. 'Mae'n rhaid inni gael sgwrs gall Ceri.'

Neidiodd y ddau'n euog wrth glywed pesychiad sydyn y tu ôl iddynt. Yr oedd Alcwyn Morys yn sefyll yn y drws. 'Mi wnes i guro,' meddai'n slei. Trodd Bedwyr arno. 'Ble mae'ch crebwyll chi ddyn?' Yr oedd o'i gof.

Gwridodd Ceri i fôn ei gwallt pan sylweddolodd bod botymau ei gwisg wedi datod.

'O, mi roeddwn i'n bwriadu sleifio i ffwrdd heb ddweud gair ond fe arhosais rhag ofn bod ar Ceri angen help. Allwn i ddim penderfynu pa un ai ymladd yn eich erbyn neu gofyn amdani oedd hi.'

'Chi sy'n gofyn amdani!' ysgyrnygodd Bedwyr yn wyllt gaclwm.

Gwelodd Ceri'r cyfrwystra yn llygaid Alcwyn. 'Mi wyddoch fel mae'r merched 'ma,' meddai heb lawn synhwyro bod Bedwyr yn gandryll. 'Mae rhai merched plaen yn colli arnynt eu hunain ar ôl cael pyrm a thipyn o golur ar eu hwynebau. Mae Ceri'n meddwl...' Saethodd dwrn Bedwyr i'w wyneb a syrthiodd Alcwyn ar ei gefn ar lawr.

'Peidiwch â meiddio dweud yr un gair arall am fy ngwraig i,' gwaeddodd wedi colli'i limpyn yn lân. 'Os clywaf chi — mi'ch dyrnaf yn ddulas. Fydd gennych chi 'run dant ar ôl yn eich pen!'

'Eich gwraig!' Yr oedd Alcwyn yn gegrwth a'i wyneb fel y galchen.

'Ie, fy ngwraig.' Gafaelodd Bedwyr yn llaw Ceri a dangos y fodrwy oedd yn disgleirio ar ei bys.

'O! Dyna beth oedd y gyfrinach fawr. Pam na ddywedsoch chi?'

'Does dim rhaid iddi ddweud dim wrthych chi. Rŵan allan â chi cyn i mi roi'r sac i chi.'

Agorodd Alcwyn ei geg fel pe am ddadlau ond penderfynodd mai tewi fyddai gallaf ac aeth allan a'i gynffon rhwng ei goesau.

Gwyliodd Bedwyr ef yn mynd ac yna trodd at Ceri, 'Ewch i nôl eich bag a'ch côt. Mi awn ni adre i drafod y sefyllfa mewn heddwch.'

'Fedrwn ni ddim.' Yr oedd gobaith yn llifo drwyddi er iddi geisio ei fygu rhag ofn cael siom waeth. 'Mae gennych gyfarfod hefo'ch cyfrifydd ac yna cinio hefo Sara Mostyn.'

'Dowch hefo fi! Mae 'mhen i'n troi digon heb orfod gwrando ar James yn trafod ffigyrau ac wedyn mi allwn fwynhau cinio yng nghwmni ein gilydd.'

Aeth ias o boen drwyddi. Wynebodd ef yn dalog. 'Wnawn i ddim mwynhau fy hun, Bedwyr. Gadewch i mi gael cadw peth o'm hunan-barch beth bynnag. Does gen i ddim awydd cyfarfod eich concwest ddiweddaraf chi.'

'Damio chi Ceri! Nid concwest ydy hi, un o'm

cwsmeriaid yw Sara Mostyn. Mae hi'n hanner cant a phump a newydd etifeddu cwmni ei gŵr. Yn anffodus mae gan y cwmni broblemau ariannol ac y mae arni angen tipyn o gyngor.'

'O!' Edrychodd arno a'r gwrid yn araf lifo i'w hwyneb mewn euogrwydd. Sawl tro arall yr oedd ei gydymaith cinio wedi bod yn gwsmer yn hytrach na chariad? Roedd ei chalon yn curo fel gordd.

'Edrychwch arna i, Ceri,' meddai a'i lais yn floesg. 'Ydych chi'n fy nghredu i?'

Synnodd at y tynerwch yn ei lygaid. A allai gymryd ei air? 'Mi hoffwn fedru eich credu.'

'Wel, gwnewch. Rhaid i mi gyfaddef fy mod i ar fai — ar adegau mi roddais yr argraff — yn fwriadol — mai cariad oedd cwsmer. Ond wnâf i mo hynny byth eto. Mae'n rhaid inni gael sgwrs gall. Dowch!'

Gwenodd yn wan arno. 'Fedra i ddim. Mae Luned yn mynd â Geraint a Gawain a Cai i'r Cae Ras heno ac rwyf wedi addo bod adre'n gynnar i warchod Robin.'

'Beth am Mrs McPherson? Mi fedr hi warchod Robin am unwaith.'

Cofiodd Ceri wyneb diolchgar yr howsgipar pan ddywedodd wrthi nad oedd ei hangen heno. 'Rwyf wedi addo noson i ffwrdd iddi.'

'Gwenhwyfar?'

'Mae hi wedi mynd i hwylio hefo Hefin Llwyd. Fydd hi ddim yn ôl tan hanner nos.'

Roedd Bedwyr yn anesmwyth. 'Mi gawn sgwrs yn nes ymlaen te. Mi fyddaf adre erbyn hanner awr wedi naw. Deg fan bellaf.'

Pennod 10

Collodd Ceri ei bws arferol ac yr oedd yr un nesaf yn orlawn ac yn gorfod stopio'n amlach. Yr oedd bron yn saith o'r gloch arni'n cyrraedd adre. Yr oedd Luned yn aros amdani ar y grisiau o flaen y drws a Robin yn ei breichiau. 'Wn i ddim pam rydych yn mynnu dod adre ar y bws,' meddai'n flin. 'Mi fyddwn yn berffaith fodlon eich 'nôl ac mi fyddech adre awr yn gynt.'

'Mae'n ddrwg gen i, Luned. Rhyw ymdrech i fod yn annibynnol — dyna ydi o.' Cofiodd wyneb dreng Bedwyr pan wrthododd ei gynnig i brynu car newydd iddi. 'Rydw i'n hwyrach nag a feddyliais, tipyn o waith yn y swyddfa heddiw.'

'Roedd Bedwyr yn gwybod ein bod ni'n mynd allan heno; pam na allai o fod yn fwy meddylgar a gadael i chi fynd dipyn bach cynt? Dwyf i ddim yn deall Bedwyr o gwbl y dyddiau yma. Mae'i feddwl o 'mhell yn rhywle hanner yr amser.' Yr oedd Luned mor flin â draenog. 'Mi fyddwn yn hwyr i'r gêm rŵan a minnau wedi bod ar binnau eisiau dweud y newyddion am Peredur wrthych chi...'

'Tyrd yn dy flaen Lun! Mi gei di ddweud newyddion da Peredur wedyn.' Yr oedd Geraint a Gawain yn rhuthro i lawr y grisiau ac i'r car. 'Os nad awn ni rŵan mi fydd y chwiban olaf wedi mynd!'

'Mae'n ddrwg gen i hogie. Hwyl i chi! Gobeithio mai Wrecsam enillith...' Chwifiodd Ceri arnynt yn ymddiheurol. 'Wel Robin, dim ond ni ein dau fach sydd yma rŵan. Tybed beth yw newyddion Peredur?' Cofleidiodd y plentyn. Yr oedd llythyr oddi wrth Peredur wedi cyrraedd o Fecsico wythnos yn ôl yn llongyfarch Bedwyr ar ei briodas, ac ar fabwysiadu mab. Golygai na fyddai'n ormod o sioc iddo pan gyrhaeddai adre. 'Na! Ddywedais i ddim wrtho mai ei fab o yw Robin,' meddai Bedwyr, 'rwyf wedi'i fabwysiadu, felly fy mab i ydi o.'

Ochneidiodd Ceri. 'Mae'n dda dy fod ti'n dechrau cerdded, 'nghariad i. Mi rwyt ti'n andros o drwm.' Gwenodd arno wrth gerdded i'r tŷ mawr gwag.

Wedi rhoi Robin yn ei wely gadawodd i'w meddwl grwydro'n ôl i'r munudau hynny yn y swyddfa. Yr oedd wedi gorfodi ei hun i beidio â meddwl am Bedwyr tan rŵan, yn ofni mai breuddwyd oedd y cyfan. Roedd wedi hyfforddi ei hun i beidio â theimlo dim cyn belled ag yr oedd Bedwyr yn bod ond rŵan daeth yr olygfa'n ôl megis ffilm niwlog.

Pe bai ganddi fwy o brofiad, mwy o wybodaeth am y byd a'i bethau, efallai y medrai ddeall pam yr oedd Bedwyr wedi newid cymaint. Ni allai ddirnad ond gallai synhwyro ei fod yn wahanol. Edrychai fel dyn oedd wedi cyrraedd pen ei dennyn, ei wyneb wedi curio, yr hafnau'n ddyfnach nag o'r blaen, ei ddillad yn hongian amdano. Ond daliai ei lygaid i losgi yn ei wyneb a thybiodd heddiw iddi weld fflach o dynerwch ynddynt.

Ai dyna a welodd? Ai dyna'r cyfan? Trodd ei chalon drosodd. Efallai — dim ond efallai — ei fod yn syrthio mewn cariad â hi? O! fel yr oedd hi wedi hiraethu am hynny, wedi awchu amdano.

Teimlodd ias o bryder. *Rydych yn wraig i mi* — dyna oedd ei eiriau tanbaid. Yr oedd cofio ei eiriau'n anfon pelydr o gyffro drwyddi. Gweddïodd yn ddistaw. Ac eto, yr oedd ei synnwyr cyffredin yn ei rhybuddio rhag disgwyl gwyrthiau. Medrai edrych arni ambell dro fel pe bai'n ei chasáu ond yn achlysurol yr oedd goleuni o dynerwch — a rhywbeth arall — yn ei lygaid. Yr oedd wedi ei gamfarnu o'r blaen ac anodd oedd torri'r arferiad. Aeth i gael cawod i geisio sobri ei meddyliau. Byddai Bedwyr adre cyn hir a medrent roi'r byd yn ei le.

Safodd amser ac yna clywodd sŵn ei gar y tu allan a cheisiodd reoli ei meddwl cymysglyd. Yr oedd wedi gwisgo gŵn o sidan gwyn a gwyddai ei bod yn edrych fel gwyryf yn aros am ei chariad.

Llifai miwsig Brahms o'r stereo fel y cerddai'n osgeiddig i lawr y grisiau a goleuadau'r ganhwyllbren risial wedi'u lleddfu'n rhamantus. Tybiodd iddi glywed lleisiau a thinc gwydrau o gyfeiriad y lolfa a safodd am eiliad. Yna cerddodd at y drws cyn sefyll yn stond a'r gwaed yn llifo'n oer drwyddi mewn sioc. Yr oedd arni eisiau rhedeg i ffwrdd ond yr oedd ei choesau wedi fferru. Ni allai wneud dim ond sefyll yno'n barlys a stwffio'i llaw i'w cheg i atal ei hun rhag sgrechian.

Yr oedd Bedwyr yn eistedd ar soffa yn y lolfa hefo merch hardd bryd tywyll ac yn yfed siampên o wydr main. Gwyliodd ef yn gwenu'n garuaidd i lygaid y ferch ac yn estyn gwydr iddi. Sipiodd y gwefusau coch y gwin a gwelodd Ceri ei llaw yn estyn ato ac yn anwylo'i wallt du cyrliog. Saethodd poen drwyddi a theimlodd ei chalon yn torri'n dipiau mân o'i mewn. 'Ddylem ni ddim gwneud hyn cariad,' meddai'r ferch wrth i ddwylo Bedwyr grwydro'n synhwyrus dros ei hysgwyddau noeth.

'Rwyf wedi bod yn ysu am hyn ers misoedd,' meddai'r llais yn gryg dan chwant. 'Paid â dweud 'mod i'n pechu. Rydw i d'eisiau i mi fy hun, heno, ac am byth. Rwyf eisiau cysgu hefo ti a meddiannu dy gorff a'th galon. Mi wyddost dy fod yn eiddo i mi, Gwenfydd. Dywed y gwnei aros... fe gaf ysgariad. Bydd fy ngwraig rewllyd yn siŵr o ddeall.'

Aeth dychryn annioddefol drwy Ceri a theimlai ei holl gorff yn troi'n graig o rew. Safodd fel delw yn gwylio ei gŵr yn y gwyll.

'O ie, cariad, ie ie.' Yr oedd wyneb y ferch yn wridog o nwyd, 'Rwy'n dy garu, rwy'n dy garu.'

Yr oedd Ceri bron â llewygu ond gwyddai bod rhaid iddi gadw'i phen. Fel yr oedd wedi hiraethu am glywed Bedwyr yn dweud y geiriau hyn wrthi hi. A hiraethai hithau am gael dweud wrtho ei bod yn ei garu; gallai farw drosto. Ond ni châi byth gyfle mwyach. Nid oedd wedi bod yn wraig addas iddo. Arni hi yr oedd y bai; yr oedd wedi'i gau allan o'i bywyd. Byddai'n ei hysgaru a rhaid oedd iddi hithau ei ryddhau gydag urddas, heb air o edliwiad, heb dywallt un deigryn o gwbl. Dieithryn oedd hi yn y tŷ hwn. A dieithryn fyddai hi am byth. Byddai'n rhaid iddi ymwroli a gadael i Bedwyr fynd yn rhydd er mwyn iddo gael y ferch brydferth — Gwenfydd. Yn sydyn o gornel ei llygad gwelodd rywbeth yn symud a throdd Ceri i weld Bedwyr yn cau'r drws ffrynt. Gwelodd yntau ar unwaith bod rhywbeth mawr o'i le. 'Be' sy'n bod? Be' sy' wedi digwydd?'

Agorodd Ceri'i cheg i riddfan mewn artaith. Ac yna edrychodd tua'r lolfa mewn syndod. Yr oedd Bedwyr yn dal yno a'r ferch anhygoel o hardd yn ei freichiau a'r ddau yn gwbl anymwybodol o unrhyw beth arall yn y byd. Yna edrychodd dros ei hysgwydd — ac yr oedd Bedwyr yn sefyll y tu ôl iddi! Yn edrych yn llawn syfrdandod ar ei hwyneb llwyd. Rhwbiodd ei llygaid a hanner syrthio tuag ato gan grynu fel deilen. Bedwyr? Ond pwy...

Yn sydyn crebachodd ei wyneb. 'Peredur!' meddai. Yr oedd ei llygaid yn dywyll gan boen. 'Ond... roeddwn i'n meddwl... mai chi oedd o...' Ni allai ddweud mwy.

'Oeddech chi'n meddwl mewn difri mai *fi* oedd y dyn yna? Yn meiddio f'amau i?'

Yr oedd ei holl ddyfodol yn dibynnu ar ei hymateb, fe wyddai hynny. Yr oedd yn bryd iddo gael clywed y gwir. Ond beth pe bai'n chwerthin am ei phen? Yn edliw ei theimladau iddi? Yn taflu ei chariad ar draws ei dannedd?

'Ydych chi'n dal i fod mewn cariad â Peredur? Ai amdano fo yr ydych chi'n meddwl wrth anwylo eich mab?'

Yr oedd ei holl enaid yn ei llygaid. 'O na! Nid Peredur! Feddyliais i erioed am Peredur!'

Mae'n rhaid ei bod hi wedi gweiddi oherwydd cododd Peredur ar ei draed a chlirio'i wddf yn swil. 'Wel, helo Bedwyr.' Torrodd ei lais ar eu traws megis awel o wynt y dwyrain. 'A Ceri yw hon, mae'n rhaid.'

Ni allai Ceri yngan sill. Crynodd drwyddi pan deimlodd fraich Bedwyr yn cau amdani ac yn ei thynnu tuag ato'n warchodol.

Fel y dynesai Peredur tuag atynt edrychai o un i'r llall mewn gofid dwys. Yr oedd yn debyg iawn i Bedwyr — yn dal ac yn fain, yr un gwallt tywyll a'r trwyn lluniaidd, ond yng ngolau'r ganhwyllbren risial gallai weld bod ei groen yn dywyllach gan liw haul. Edrychai'n iau ond nid oedd hanner mor ddeniadol â Bedwyr. Nid oedd yn edrych mor gadarn, mor benderfynol.

Gwridodd Peredur wrth ei gweld yn ei astudio mor fanwl. Cribodd ei wallt â'i fysedd a gwenodd. 'Rydych yn synnu 'ngweld i? Ddaru'r plant ddim dweud 'mod i wedi cyrraedd y pnawn 'ma?'

Llyncodd Ceri ei phoer yn nerfus ond llwyddodd rywsut i gael hyd i'w llais. 'Chawson' nhw ddim cyfle. Roeddwn i'n hwyr yn dod adre, a hwythau'n gorfod rhuthro i'r gêm.'

'Mae'r hen blant yn dal yr un fath, mae'n amlwg! Bob amser ar frys gwyllt! Mae'n amlwg felly nad ydych wedi clywed fy newydd da.' Amneidiodd ar y ferch oedd yn oedi yn y lolfa. 'Dyma Gwenfydd Watkin, fy narpar wraig,' meddai'n falch. 'A dyma fy mrawd Bedwyr a — mae'n debyg mai Ceri ydych chi?'

Taflodd Bedwyr edrychiad od ar Ceri cyn troi at Peredur gan sgwario'i ysgwyddau a'i lygaid tywyll yn llawn amheuaeth. 'Ydi hi wedi newid cymaint a hynny? Mi allai rhywun daeru na welaist erioed mohoni o'r blaen.'

'Na, chefais i erioed mo'r pleser. Roedd hi bob amser allan yn rhywle pan oeddwn i'n arfer galw i weld Meg.'

'Ond mi fyddet yn arfer sôn amdani. . .' Brathodd Bedwyr ei wefus gan edrych ar ei frawd mewn penbleth.

Ni wyddai Peredur beth oedd yn digwydd. 'Mae'n ddrwg gen i, Bed. Mi fyddai Meg yn arfer dweud bod Ceri mor ddiolwg â thalcen tas, a minnau'n ddigon diniwed yn y dyddiau hynny i'w chredu ac ail-adrodd ei straeon wrthyt tithau. Mae'n rhaid i mi gyfaddef, mi ges i andros o sioc pan glywais dy fod wedi ei phriodi hi!' Gwenodd yn ymddiheurol ar Ceri. 'Mi ddylwn wybod yn amgenach. Allai Meg ddim dioddef cystadleuaeth.'

Fflachiodd golau rhyfedd yn llygaid Bedwyr. 'Esgusoda fi Peri, Gwenfydd, mae'n rhaid i mi fynd i weld a yw fy mab yn cysgu.' Gwthiodd Ceri tua'r grisiau ac i fyny i'r llofft yn ffyrnig, ei lygaid yn dân yn ei ben. 'Reit, Ceri. Mae'n hen bryd inni gael sgwrs.'

Crynodd ei gwefusau. Roedd arni angen amser i feddwl, i geisio penderfynu beth i'w ddweud. Ceisiodd symud ond llamodd tuag ati a gafael ynddi â bysedd fel gefeiliau. 'Na! Dyma'r tro olaf y cewch chi guddio tu ôl i'r mur o rew yna. Mae'n rhaid i mi gael clywed y gwirionedd. Mi welsoch Peredur hefo'i gariad a meddwl mai fi oedd o. Roedd eich wyneb fel y galchen. Ydy hynny'n golygu bod gennych dipyn o feddwl ohonof i?'

'Roeddech chi'n anfoesgar iawn...' Ceisiodd ei rhyddhau ei hun o'i afael.

'Anfoesgar myn brain i! Rwyf eisiau gwybod. Sut ydych chi'n teimlo tuag ataf i?' Ysgydwodd hi'n ddidrugaredd.

Tagodd Ceri. 'Rwy'n eich caru chi. Oes gennych chi unrhyw syniad sut yr wyf i'n teimlo bob nos wrth glywed eich teulu yn eich canmol i'r entrychion a minnau'n gwybod eich bod ym mreichiau rhywun arall? Fi sy'n archebu eich byrddau, yn anfon blodau ac anrhegion...' Yr oedd yn ei dagrau erbyn hyn. 'Fi yw eich gwraig chi ond dwyf i'n golygu dim i chi o gwbl. Talu i mi am ofalu am eich teulu ydych chi ac mi wyddwn beth oedd yr amodau cyn eich priodi a rhaid i chi gyfaddef 'mod i wedi gwneud fy ngorau. Ond heno... pan welais i Peredur... a meddwl mai chi oedd o... o'r nefoedd!' Torrodd i lawr yn lân.

Roedd wyneb Bedwyr fel y galchen. 'A minnau'n credu mai fy nghymharu'n anffafriol â Peredur yr oeddych chi drwy'r amser.'

'Peidiwch â bod mor wirion. Welais i erioed mo Peredur tan heno.'

Safai yntau fel delw, yn prin anadlu, ei waed yn morthwylio yn ei ben. 'Ond... roeddwn i'n meddwl... eich bod chi eich dau... mai chi...' Yr oedd ei fron yn ymchwyddo yn anterth ei deimladau. 'Os felly, pwy ar wyneb daear ydy Robin?'

'Mab Peredur ydy o,' meddai'n druenus.

Gwelodd gynddaredd yn dechrau brigo ynddo.

'Ond, nid fi yw ei fam,' ychwanegodd.

'Ond eich enw chi oedd ar ei dystysgrif geni, mi welais hynny â'm llygaid fy hun.'

'O Bedwyr. Meg wnaeth hynny.' Crynai Ceri fel deilen. 'Meg roddodd f'enw i ar y dystysgrif heb yn wybod i mi. Dyna'i ffordd hi o 'ngwneud i'n gyfrifol am y plentyn oherwydd mai fi a'i perswadiodd hi i beidio â chael erthyliad. Drwy gydol ei beichiogrwydd mi ddywedodd ei bod hi eisiau cael gwared â'r babi a minnau'n meddwl unwaith y byddai hi wedi'i weld, wedi gafael ynddo...' Llifai'r dagrau erbyn hyn. 'Ond doedd ganddi rithyn o ddiddordeb yn y plentyn.' Ymbiliai llygaid Ceri arno. 'A'r noson honno pan ddaethoch chi adre hefo Meg, ac edrych arna i fel pe bawn i'n lwmp o faw, mi wyddwn na fyddai unrhyw ddyn yn edrych arna i. Dyma pam y dywedais mai 'mhlentyn i oedd Robin.'

Gwelodd Bedwyr. Diflannodd ei holl haerllugrwydd ac yr oedd yn llawn ing ac euogrwydd. 'O Ceri, pam na fuasech wedi dweud wrthyf i! O'r nefoedd, wyddoch chi sawl gwaith yr ydw i wedi gweddïo am gael ail-ddechrau ein perthynas? Wnes i erioed fwriadu eich brifo chi ond rywsut neu'i gilydd, byth oddi ar y noson honno, roedd popeth a wnawn yn eich ymbellhau oddi wrthyf. Mi wnes fy ngorau ond fynnech chi ddim i mi geisio dod i'ch nabod.'

'Roedd arnaf ofn cael fy mrifo.'

'Pan ddywedodd Mam mai Peredur oedd tad Robin mi es yn gandryll. Fedrwn i ddim ddioddef meddwl amdanoch chi a fo... roeddwn yn eich dychmygu chi eich dau yn... fedrwn i ddim dioddef y darlun yn fy meddwl ohonoch chi'n...'

Neidiodd Ceri fel pe wedi'i thrywanu. 'Roeddech chi'n eiddigeddus o'ch brawd?'

'Roeddwn i'n meddwl eich bod chi mewn cariad ag o! Pan glywais ei fod yn dod adre heddiw mi... Fy ngwraig *i* ydych chi! Fedrwn i ddim gadael i chi fynd.'

Daliai i syllu arno'n syn. 'Beth ydych chi'n geisio'i ddweud? Eich bod f'eisiau i? *Fi?*'

'Rydw i'n trio dweud 'mod i'n eich caru chi, Ceri.

Wn i ddim sut na phryd y digwyddodd. Y cyfan wn i yw na fedrwn i mo'ch cyrraedd chi. Roeddwn i'n rhoi cam gwag o hyd ac o hyd ac yn gwneud pethau'n waeth a chwithau'n ymddieithrio o ddydd i ddydd. Y cwbl gawn i oedd un o'ch gwenau pellennig.'

Aeth iasau i lawr ei meingefn. 'Beth arall allwn i ei wneud? Edrychwch arna i Bedwyr! Pa hawl oedd gen i i ddisgwyl i rywun fel chi syrthio mewn cariad hefo fi? Dim ond ar ferched hardd y byddwch chi'n edrych.'

'O Ceri,' sibrydodd yn llesg a'i freichiau'n ymestyn amdani. 'Mae gennych chi harddwch anesboniadwy ond wedi i chi byrmio'ch gwallt a pheintio eich wyneb roeddech chi'n edrych fel pob merch arall. Ond er hynny mi wyddwn bod eich harddwch chi'n mynd yn ddyfnach na hynny. Dyna pam yr oeddwn i mor giaidd hefo chi. Bob tro yr oeddwn yn edrych arnoch chi roedd arnaf eich eisiau, ond credwn eich bod mewn cariad â 'mrawd!'

Safai Ceri fel delw, ni allai symud gewyn. 'Ond yr holl ferched eraill yna! Y ciniawa, yr holl rosod...'

'Twyll, dyna'r cyfan. Cwsmeriaid oeddynt i gyd! Doeddwn i ddim eisiau neb arall ond chi!'

Brathodd Ceri'i gwefus. Yr oedd eisiau ei gredu ac eto... Beth am Meg? Ni allai beidio â gofyn hynny iddo.

Ochneidiodd yntau. 'Do, mi rydw i wedi bod yn gweld Meg yn rheolaidd — yng nghwmni ei gŵr, yn ceisio eu cymodi. Fe glywais am eich addewid i'ch mam, dyna pam yr oedd arnaf eisiau helpu, i rannu'r cyfrifoldeb am Meg. Ond fedrwn i ddim cael ymateb o unrhyw fath gennych, roeddech bob amser mor oer, mor ddigynnwrf, mor uffernol o gwrtais. Roeddwn i'n meddwl mai aros i Peredur ddod adre oeddech chi!'

'Chi yw'r unig un i mi Bedwyr. Fu yna neb arall

— erioed.' Yr oedd yn crynu drwyddi. 'Dyna pam yr oeddwn i mor ypset drannoeth ein priodas, yn meddwl eich bod wedi darganfod nad oeddwn i erioed wedi... a 'mod i wedi eich twyllo ynglŷn â Robin...' Rhuthrodd yntau ati a'i chofleidio'n dynn.

'Un camddealltwriaeth ar ôl y llall 'nghariad i.' Edrychodd i ddyfnder ei llygaid gleision. 'Rwy'n eich caru chi Ceri. Wnewch chi 'nghredu fi? Dwyf i ddim yn haeddu gwraig fel chi ond mi hoffwn ail gyfle a chael treulio gweddill f'oes yn gwneud iawn am yr holl loes a gawsoch.'

Siglai'r ddaear dan ei thraed ac ni allai reoli'r angerdd oedd yn llifo drwyddi. 'O Bedwyr! F'unig ddymuniad yw cael bod yn wraig i chi... yn eiddo i chi.'

Gafaelodd ynddi'n dyner ond yn gadarn. 'Bedwyr?' sibrydodd yn swil a'i chalon yn curo fel calon dryw bach ac edrychodd yntau ar ei hwyneb fflamgoch. 'Beth? Rŵan? Beth am Peredur a Gwenfydd yn aros amdanom yn y lolfa?'

Yr oedd yn llawn siom. 'Ydyn nhw'n ein disgwyl ni i lawr?'

Gwenodd yntau'n braf ac yna bradychodd ei lygaid ei angerdd a'i nwyd. Cusanodd hi'n ddwfn. 'Nag ydyn, mae'n debyg, maen nhw'n hollol hapus yng nghwmni ei gilydd a fydd y lleill ddim adre am awr arall o leiaf...' Edrychodd arni'n awgrymog a gwridodd hithau'n llawen.

'Rydych chi'r un ffunud â Geraint a Gawain pan fyddant ar ryw berwyl drwg!' Chwarddodd Bedwyr yn iach. 'Wyddoch chi mo'r hanner,' meddai gan agor botymau ei gwisg.

'Tebyg i beth?'

'Wel, swydd newydd Peredur i ddechrau. Roedd yn rhaid i mi feddwl am ryw gynllun i'w gadw fo draw. A'r peth cyntaf wnaeth o oedd dod adre i ddweud wrth bawb am ei ddyrchafiad!'

'Ydi o'n gwybod mai chi sy'n gyfrifol?'
'Nag ydi, siŵr.'
'Mae o mewn cariad â Gwenfydd.'
'Mae hi'n fwy addas na Melanie.'
'A beth am Robin?'
'Yma mae lle Robin. Dim ond chi a fi a Mam a Meg sydd yn gwybod y gwirionedd am Robin.'
'Ein mab hynaf ni!' gwenodd Ceri'n hapus.

Yr oedd hi wedi tynnu ei dei oddi amdano ac yr oedd yn prysur agor botymau ei grys. Crynai fel deilen.

'Paid â rhoi'r gorau iddi rŵan,' meddai Bedwyr yn floesg. 'Rwyt yn dysgu'n fuan.'

Ond wyddai hi ddim beth i'w ddweud nesaf.

'Ceri,' meddai'n garuaidd gan ei thynnu i'w freichiau. 'Rwy'n dy garu di, mae popeth yn iawn.' Cusanodd hi'n angerddol. Tywysodd hi ar hyd llwybrau cariad ac nid oedd angen iddi fod yn swil na phryderu am ei diffyg profiad. Wedi'r cwbl, onid oedd hi'n baragon?